La Sablière — Mario

Claude Jasmin

La Sablière — Mario

Introduction de
Gilles Dorion

BQ

BIBLIOTHÈQUE QUÉBÉCOISE

Bibliothèque québécoise inc. est une société d'édition administrée conjointement par la Corporation des éditions Fides, les éditions Hurtubise HMH ltée et Leméac édieur.

Conseiller littéraire

Aurélien Boivin

DÉPÔT LÉGAL: QUATRIÈME TRIMESTRE 1990
BIBLIOTHÈQUE NATIONALE DU QUÉBEC
© Leméac éditeur, 1979, 1985
© Bibliothèque québécoise 1990, pour cette édition
ISBN: 2-89406-051-3

Présentation

Exploitant la veine particulièrement riche de sa trilogie autobiographique amorcée avec *la Petite Patrie* et poursuivie par *Pointe Calumet boogie woogie* et *Sainte-Adèle-la-vaisselle* (1972-1974), Claude Jasmin, en plus de s'attacher aux anecdotes, livre un de ses meilleurs romans psychologiques avec *La Sablière* (1979), réédité sous le double titre *La Sablière — Mario* en 1986, après avoir été porté à l'écran par Jean Beaudin en 1985.

L'action et les personnages

C'est en combinant adroitement de multiples éléments que l'auteur parvient à créer un univers fictif d'une admirable complexité, composé d'un habile dosage de quotidien, de banal et même de dérisoire allié à une sorte de reconstitution historique au caractère héroïque et épique. Le premier de ces éléments est sans conteste l'enfance, mais vue selon deux perspectives différentes en raison du dédoublement des protagonistes et de l'attitude qu'adopte chacun d'eux devant cette période de leur vie.

Mario, 10 ans, est sans conteste le personnage autour duquel s'organise et gravite l'action, alors que c'est son frère Clovis, qui aura bientôt 16 ans, qui tire les ficelles et oriente habituellement le déroulement des événements ; ce qui fait qu'on assiste à une double « quête », celle qui consiste, dans le cas du plus jeune, à assumer pleinement son enfance et sa condition, sans compromis, et celle où le plus âgé, tout en cherchant à s'en dégager pour accéder pleinement à l'adolescence, est lié par une sorte de contrat qui l'oblige à protéger son cadet, désemparé devant la vie. Désemparé pourquoi ? C'est que Mario, le « petit », est retardé dans son développement mental : ses insuccès scolaires répétés le prouvent, de même que son bégaiement et son salivage dans les moments difficiles. Voilà donc un deuxième élément qui se greffe naturellement au premier et qui attribue un rôle spécifique de protecteur à Clovis, qui pose ainsi, volontiers mais graduellement, malgré lui, à l'ange gardien. Or, cet ange gardien, alors que se déroulent les aventures estivales des deux garçons, est un passionné d'histoire. Rien de plus naturel que de transmettre le feu sacré à Mario : au cours des vacances passées, Clovis n'a-t-il pas ranimé, avec l'aide de son propre ange gardien Gabriel, l'histoire de Jeanne d'Arc ou accompli des « guérillas iroquoises et huronnes » ? Cet été-ci, imbu des lectures d'une encyclopédie dont il a déjà « absorbé » les six premiers tomes, il convainc Mario et ses amis d'appuyer l'invasion de la France par les Sarrasins au VIIIᵉ siècle, en particulier d'assiéger Poitiers, et d'assurer de la sorte le triomphe de l'Islam, de sa riche civilisation et de son extraordinaire culture en Europe. Ce troisième thème enrichit singulièrement le « grand jeu » de l'enfance et contribue à donner de la profondeur à une thématique qui, autrement, aurait pu paraître puérile par certains de ses aspects. Mario, resté au stade primitif de la petite enfance, considère cette guerre sainte et civilisatrice avec sérieux et ne permet pas que les autres en doutent. Il y peine avec frénésie, assidûment, laborieusement, jour après jour, en attendant l'ultime combat, le siège et la prise de la ville des Pictaves, qui imposera la domination musulmane en France. Paradoxalement, Clovis, lui, joue un rôle obligé de protecteur, et le difficile détachement de l'enfance lui fait découvrir que le jeu auquel il se livre et le sérieux avec lequel il a persuadé son jeune frère ne l'intéresse plus guère. Le caractère ludique de cette guerre échevelée est assumé par les deux enfants d'une façon inversement proportionnelle à leur âge.

L'« argument » principal invoqué par Clovis, à savoir l'invasion du Poitou, qui aurait donné des ancêtres islamiques à nos ancêtres français et aurait contribué à étendre la civilisation arabe dans toute la chrétienté, est on ne peut plus intéressant par son originalité. Ce n'est, de toute façon, qu'à la fin de l'été que Clovis et Mario apprennent de la bouche de Don Gabriel que la chute de Poitiers n'a pas eu lieu et que les Arabes ont fui après la mort de leur chef Abd-El-Râhman en 732. Ouf ! semble dire Clovis, qui remet enfin les pieds dans la réalité, car il n'avait pas été loin d'être lui-même séduit par l'hypothèse de l'expansion de la culture arabe dans le château fort de la chrétienté. À cet égard, le côté didactique du roman ne doit pas être gommé, vu que l'hypothèse génératrice de l'action assurait de la crédibilité aux jeux enfantins. Par ailleurs, le mélange d'héroïsme guerrier et de dérisoire quotidien rend jusqu'à un certain point plausibles les jeux nés des fantasmes et des images de l'enfance : qu'il s'agisse de bâtir un camp arabe près d'une sablière occupée par un « dragon », à savoir une pelle mécanique, que l'on doive attendre inlassablement l'arrivée du tome 7 de l'encyclopédie, acquise à grand renfort de dessus de boîtes de Corn Flakes et de 99 cents pour orienter le combat final selon la vérité historique, tout cela met en cause la rencontre du fictif et du réel et crée, par le fait même, un effet de réel d'une qualité exemplaire. D'ailleurs, le narrateur, Clovis, n'avoue-t-il pas que Mario a convoqué toutes les fables de son enfance quand la fureur du combat l'entraîne dans des efforts frénétiques ? « Il a retenu des bribes de toutes les histoires racontées ou lues. » C'est pourquoi il se demande, avec une certaine pertinence, si Mario, dont il soupçonne l'intelligence et l'intuition, n'est pas victime d'une sorte de barrière psychologique qui gêne son développement et s'il ne serait pas approprié de l'intéresser à quelque métier qui l'attirerait. De cette façon, le narrateur annonce un peu le dénouement du récit. Par là, l'auteur (ou le narrateur) s'institue psychologue et il n'hésite pas à proposer une solution que préconiseraient sans doute certains professionnels de la santé mentale.

La thématique

Le thème de l'enfance trouve à la fois sa vigueur et sa justification dans l'intervention, présentée comme agaçante, du monde des adultes parce qu'elle trouve presque toujours à s'opposer aux plans et aux projets des deux garçons, en tout cas, dans l'orbite familiale, qu'il s'agisse de la « mère colonel » ; du père, un peu mou, qui s'échappe de son restaurant tous les lundis et qui a de la difficulté à assumer les problèmes que lui causent son frère Ferdinand, un aventurier qui court le monde, et son père malade, qui mourra bientôt ; des sœurs sermonneuses et du « cavalier » de l'une d'elles. N'y a-t-il pas jusqu'au curé qui s'égosille en leur criant « d'aller faire les cow-boys loin du lieu saint », le plombier Willy qui les menace de lancer la police à leurs trousses s'ils s'avisent de remettre les pieds dans sa cour à rebuts ? Pourtant, le même Willy construira à leur insu un étrange montage fait de bouts de tuyau raccordés, destiné à remplacer leur fortin démoli ; un frère de l'orphelinat autorise Mario à bâtir une cabane dans les grands peupliers de la cour ; Don Gabriel, quant à lui, trouve une solution heureuse au cas de Mario. Comme on le voit, l'attitude des adultes à l'égard des enfants demeure parfois ambivalente. La solution à leurs problèmes ne leur vient pas d'un parent, sauf provisoirement, mais d'un étranger, prêtre de surcroît, sans doute le messager d'une certaine Providence, dans le cas du premier, et du cheminement personnel de l'adolescent Clovis, qui ne sera pas le « prêtre de la famille » et qui s'entiche enfin de Ramona, une compagne de jeux occasionnelle, et songe à faire une carrière de journaliste et à courir le vaste monde comme reporter. Bref, le pouvoir adulte s'exerce aux dépens du débile Mario, resté au stade de la petite enfance, et de l'adolescent Clovis, qui tarde à vieillir et à accéder au monde de l'amour.

Voilà donc un autre thème, qui trouve une place toute naturelle dans l'évolution trop lente de ce grand enfant. Les premiers émois amoureux tardent à se manifester, mais l'amour s'éveille enfin lors du séjour impromptu de Clovis à l'hôpital pour une péritonite. Si Ramona était parvenue difficilement à l'émouvoir et lui avait joué la grande scène de la séduction, un soir, au bord du lac, en enlevant son chandail pour dénuder ses seins, garde Dubé, en entourant le jeune malade de ses soins professionnels, mais aussi grâce à sa beauté et à sa délicatesse, lui avait fait franchir un pas décisif dans cette voie. Revenu sur terre après le départ subit de l'infirmière et victime de sa première déception amoureuse, il vieillit tout d'un coup et n'a rien de plus pressé que de renouer avec Ramona. Finie l'enfance ! La nostalgie qu'éprouve Clovis s'estompe rapidement, au grand désarroi d'un Mario incrédule, qui estime avoir été leurré. Le souci de Clovis sera de trouver une solution pour Mario. Toutefois, les parents y ont pourvu, de leur autorité : ce sera l'orphelinat Saint-Arsène et les travaux manuels.

Là où les faits avoisinent l'invraisemblance, ou le désespoir, c'est lors des deux tentatives « criminelles » de Clovis : une première fois, la noyade, ratée, sur le lac ; la deuxième fois, près de la mine de columbium d'Oka où s'aventure Mario, poussé par son frère à s'en approcher malgré le signal sonore annonçant une explosion imminente destinée à l'extraction du minerai. L'eau et le feu n'ont pas constitué de solution « définitive » : d'abord grâce à une vacancière ontarienne qui sauve de la noyade certaine le pauvre Mario resté agrippé au vieux canot chaviré ; ensuite grâce à l'intervention « céleste » de Don Gabriel qui, bon ange gardien, survient juste à temps pour arracher l'enfant à l'explosion meurtrière. Deux *deus ex machina*, l'un sous les traits d'une étrangère, une déesse ex machina, avec son yacht, l'autre sous les traits d'un père cistercien de la Trappe d'Oka, avec sa moto. Celui-ci, exauçant sans doute la prière désespérée de Clovis, surgit soudain comme un sauveur.

Les lieux de l'action

Bien entendu, le lieu privilégié de l'action, c'est la sablière située près du chalet d'été que loue la famille Jhie (J pour Jasmin) tous les ans. Il faut observer que la principale préoccupation des occupants temporaires est partagée : les deux garçons ne se retrouvent pas au chalet mais à la sablière, un endroit ouvert, leur désert de sable, le champ de bataille où s'exerce leur activité guerrière, tandis que leur mère et leurs sœurs souhaitent une demeure confortable, bien organisée et bien entretenue, qui serve de remplacement adéquat à la maison de ville, à preuve les nombreuses corvées imposées à Clovis. Le besoin d'évasion de la ville n'est donc pas assumé de la même façon par le clan des femmes que par celui des hommes. On croirait voir explicités les deux portants de l'approche de Gilbert Durand (*les Structures anthropologiques de l'imaginaire*), le portant lyrique et le portant épique, celui du sentiment, de la vie calme et paisible, du repos, de la tranquillité, opposé au portant héroïque de l'action, du combat. On se rassemble au chalet pour manger et dormir, pour chanter autour du feu allumé sur la petite plage du lac, alors que les garçons s'évadent quotidiennement vers la sablière. S'ils y construisent un abri perché dans les hauts pins, s'ils y établissent un campement arabe, c'est pour mieux fourbir leurs armes afin de triompher de l'ennemi. Le « dragon » qui garde la sablière est bien inoffensif, vu que les activités y sont plutôt réduites. Le ciné-parc tout proche, avec ses tours et ses écrans lumineux, est l'objet d'une expédition victorieuse où une imagination débridée transforme en défaite l'extinction des projecteurs et en déroute le départ des voitures après la projection du film.

Deux espaces particuliers présentent tout de même un danger latent : le lac et la mine de columbium. Clovis lui-même, qui n'ignore pas les menaces que constituent ces deux endroits, s'en sert pour tenter de « délivrer » Mario de sa condition d'être humain diminué. Il reste, cependant, que la nature ambiante offre des oasis tranquilles, la plage, la forêt et la montagne d'où les enfants peuvent observer avec ravissement le territoire environnant.

Dans la relation ville/campagne, on ne peut s'empêcher de remarquer deux lieux opposés par leur caractère : l'orphelinat, lieu clos qui provoque la répulsion de Mario, à qui pourtant on a offert un terrain de jeux compensatoire dans la cour et qui ne fait que s'y étioler en entretenant des pensées suicidaires. Paradoxalement, c'est l'incendie qui l'en délivre, par une quelconque décision d'en haut, peut-être ; de l'autre, le monastère des Trappistes, avec sa ferme, situé dans les montagnes d'Oka, servira de refuge salvateur à Mario, qui pourra enfin s'épanouir et exercer les talents dont la nature l'a gratifié.

Enfin, comme dans la plupart des romans de Jasmin, les déplacements occupent une part considérable. On se rend au chalet dans un camion loué, mais le voyage est agréable car la destination finale promet l'évasion quasi totale de la ville. La sablière est déjà peuplée d'une pelle mécanique qui déverse le sable dans des wagons de chemin de fer immobiles. Toutefois, le lien qui réunit le chalet de campagne et la maison de ville est indispensable : le train assure la visite hebdomadaire du père et ses molles consignes ; la route garantit la vie de Clovis, transporté d'urgence en taxi à l'hôpital ; elle marque le retour à la ville après les vacances ; elle sert aussi à l'évasion de Mario et de Clovis qui retournent au chalet en autobus. Leur fugue, qui aurait pu tourner au tragique, se termine heureusement par l'intervention motorisée de Don Gabriel.

Ayant fait le tour de l'action et des endroits de son déroulement, nous n'avons pu que définir par le fait même les personnages qui l'animent : celui qui dirige l'action, le protagoniste, Clovis (au nom « franc » symbolique, double évident de Claude J (pour Jasmin), a pour fonction de protéger Mario et d'assurer son bien-être, puis son mieux-être. Tel est l'objet de la « quête », qui s'exerce par des moyens particuliers, le recours forcené à l'imaginaire, qui sert à reconstituer l'invasion sarrasine. Dans leur optique, les parents des deux enfants jouent le rôle d'opposants, bien que ceux-ci désirent, de tout leur cœur et avec les modestes moyens dont ils disposent, le bonheur de Mario. Clovis est tout étonné d'entendre Mario lui affirmer : « C'est toi mon vrai père ! » Achevant sa narration avec l'intervention de Don Gabriel, il observe : « Il s'est trouvé un troisième père. » C'est donc ce dernier qui exercera la fonction d'adjuvant principal qui, en plus de sauver Mario, accomplira l'objet de la quête : lui assurer une vie heureuse. Les autres personnages qui gravitent autour de lui, tels sa sœur Lucia et son ami Jack (« le matamore »), par exemple, s'interposent parfois pour jouer un rôle provisoire et peu convaincant d'arbitres. Par-dessus tout veille un ange Gabriel protecteur, qui s'incarne finalement sous les traits de l'envoyé divin, Don Gabriel.

Sentiments et émotion

La richesse de la thématique, la vérité des personnages et le traitement de l'espace se conjuguent pour former un univers captivant. Les deux garçons, en particulier, passent par une large gamme de sentiments que le narrateur évoque avec une simplicité attachante tant en ce qui concerne son frère que lui-même, tout en composant un solide portrait moral des protagonistes.

Mario, sur le point de partir en vacances avec la famille, bave d'excitation. C'est sa réaction physique habituelle, lorsqu'il est excité, énervé ou tourmenté par le plaisir ou par la peur, par l'espoir ou l'appréhension. Comme chez un enfant de son âge, ses émotions sont vives, alors qu'on aurait pu croire au caractère amorphe ou ralenti de ses réactions, à un abattement facile imputable à un retardé. Il pleurniche et renifle quand on le rabroue et trépigne et salive devant les promesses alléchantes de Clovis, en qui il manifeste une confiance totale. Moqueur, il se contorsionne le visage de grimaces, enfant, il reproduit une multitude de bruits de chevaux, d'avions, de motos, de revolvers, de sirènes... Quand il est désarçonné par un événement fâcheux, le bégaiement le prend. Engagé dans l'action de la bataille, il se livre tout entier et il ne permet pas que les autres, encore moins Clovis, réduisent à un simple jeu d'enfant les expéditions guerrières auxquelles il s'adonne si farouchement et si résolument. Enfermé dans la prison que constitue l'orphelinat, Mario semble perdre jusqu'à son âme et se mure dans le silence. À cet égard, l'amitié qu'il entretient avec un sourd-muet de l'institution n'est rien moins que significative. La rupture entre lui et

Clovis est presque complète : les nouvelles filtrent par personnes interposées et il laisse s'écouler trois semaines avant de renouer avec son frère. Clovis est réellement passé sur l'autre versant de l'enfance.

Structure et écriture

La répartition des douze chapitres en séquences numérotées pourrait surprendre au premier abord, bien que cette numérotation ressemble à s'y méprendre au travail d'écriture d'un adolescent, Clovis, qui se donne ainsi des balises sûres pour raconter les événements et les péripéties mouvementées d'un été mémorable. Pourtant, ce serait réduire le rôle du romancier Jasmin, qui livre ici une des plus belles fresques romanesques qu'il ait écrites : la structure du récit, linéaire, est d'une grande fermeté, et son écriture, spontanée, — elle contient de nombreux traits d'oralité, même en dehors des dialogues, — vivante, dynamique, aux phrases souvent saccadées et nerveuses, est particulièrement efficace à rendre à la fois le drame intérieur qui déchire Mario et l'insécurise, et les derniers appels d'une enfance dont doit se détacher Clovis pour accéder à la maturité. En même temps, sa vivacité sert un récit aux multiples rebondissements, qu'il s'agisse des batailles acharnées que nos deux guerriers musulmans livrent aux forces chrétiennes, de l'entrée forcée de Mario à l'orphelinat, des dangers qu'il encourt, bref, après des épisodes haletants qui tiennent le lecteur/la lectrice en haleine jusqu'à la fin. Dans ce roman, où aventures et drames psychologiques se disputent le premier rang, l'écrivain a adroitement réparti les éléments romanesques, à savoir les récits de batailles, les descriptions et un certain nombre de « morceaux de bravoure » qui servent de support à l'action et à la réflexion. Les morceaux de bravoure les plus significatifs et qui constituent de hauts moments d'émotion comprennent le rêve de Clovis (I, 2), le cauchemar prophétique de Mario (III, 8), le « plan » de Mario (V, 1), la guerre de Mario (V, 7), la hantise de Clovis (XI, 2) et la prière de Clovis (XII, 7). Si les portraits sont brefs, en revanche, les notations psychologiques, bien que rapides, sont judicieusement choisies et servent, en quelques traits de plume, à mettre en évidence tel ou tel trait caractériel, proposant de la sorte, par touches légères, des personnages assez typés pour être vraisemblables.

Au terme de cette brève étude, il importe de souligner les ressources remarquables de l'imaginaire de Jasmin, l'exploitation magnifiquement réussie de l'histoire dans le « grand jeu » de l'enfance et la combinaison adroite d'éléments de tous ordres qui composent un univers animé, pétillant de vie et traversé par l'émotion. Bref, une véritable réussite romanesque !

Gilles Dorion

I

1. Je vis dans un monde de filles. Aujourd'hui, c'est le départ annuel pour le chalet d'été. Ma mère est partout à la fois. Elle surveille le déménagement, les sueurs l'aveuglent. Mes cinq sœurs l'assistent tant bien que mal. Moi je me fais l'homme fort de la maison. Je vais porter les boîtes les plus lourdes dans la camionnette louée. Hier, c'était fête de la Saint-Jean. Il y a encore des drapeaux sur la plupart des balcons des maisons de ma rue ! Que j'aime les drapeaux ! Que j'aime les couleurs des drapeaux en grappes ! Et le vent qui les agite !

« Dépêchons, dépêchons les enfants ! Ça coûte cher ce camion loué. » Maman est colonel. Elle va dans toutes les pièces du logis, inspecte les lieux, se rend sur la galerie de la cour pour vérifier si nous n'oublions rien. Personne ne s'occupe de Mario, mon petit frère de dix ans. Il est là, assis derrière le pupitre de la chambre des garçons, et trace des lignes incohérentes.

« Mario, tu pourrais aider un peu ton grand frère ! Non ? » Mario me regarde. Il a ses yeux agrandis, son regard de hâte. Et il bave toujours un peu quand il est excité. « Regarde. Je prépare les cartes des expéditions. »

Pour Mario, l'été qui vient c'est, de nouveau, le jeu des excursions dans le bois, sur le lac, dans la montagne voisine. C'est le temps béni des batailles rangées, le temps de l'imaginaire qui va triompher tout l'été.

Je vis dans un monde de femmes. Que j'aurais donc voulu avoir une ribambelle de frères ! Toute une troupe. Mais je n'ai qu'un frère. Que lui. Que Mario. Que ce garçon pas très fort, pas très courageux, grassouillet, aux yeux gris, aux cheveux blonds frisés dur et qui n'arrive pas dans ses études, qui va recommencer la même année scolaire pour la troisième fois.

« On peut pas le forcer, dit maman, ça rentre pas ! Ça rentre pas ! »

Jack, l'ami de Lucia, ma sœur la plus vieille, va conduire la camionnette Ford rouge. Il entre dans la chambre, regarde les gribouillis de Mario, s'emporte et déchire son dessin. Mario bondit les poings fermés.

« À quoi tu sers, Mario, dans cette maison ? Grouille un peu. On a besoin de toi aussi, même de toi. » Jack le matamore a parlé ! Ma mère a vu ça et lui fait de gros yeux. Il l'entraîne vers la cuisine et lui dit :

« Vous le gâtez trop. C'est pas ça qui va l'aider à redevenir normal. Vous devez le traiter comme tout le monde, c'est ça qui va finir par le ramener sur terre avec nous tous. Voulez-vous qu'il reste toute sa vie un arriéré mental ? » Alors moi j'éclate :

« Écoute, le grand Jack, qu'est-ce que tu penses ? Penses-tu qu'il a pas de cœur ? Il a un cœur comme tout le monde. T'avais pas le droit de déchirer ses dessins. Ça te regarde pas, c'est pas ton fils.

Occupe-toi seulement de ta chère Lucia et laisse-nous vivre notre vie à notre goût. Si Mario veut dessiner, c'est de ses affaires. Okay ? » Jack me regarde courroucé. Il regarde ma mère qui finit par balbutier : « Jack a voulu bien faire, Clovis. Il a un peu raison. C'est rien de bon pour le petit de le laisser faire tous ses caprices. Il doit nous aider du plus qu'il peut. » Je vais consoler Mario.

« Là-bas, on sera tranquilles Mario. On sera en paix comme l'été dernier. Entre nous. Ça sera pas long maintenant. » Il pleurniche, la morve au nez, il s'essuie de son avant-bras. Il a ses yeux de chien battu. Il renifle encore et me dit :

« J'ai hâte de revoir notre champ de bataille, notre grand Sahara, Clovis. »

« Tu parles ! Cette année, mon petit Mario, on va engager la pire bataille qu'on a jamais encore livrée. T'as entendu ce que nous a raconté l'oncle Ferdinand à Noël ? Eh bien, oui, mon gars, on va monter en France, on va envahir le Poitou, tu vas voir, on aura des chevaux intrépides, nous serons les Arabes, nous serons les cavaliers les plus rapides du monde entier. Prépare-toi, ça va être l'invasion des invasions. Nous allons conquérir avec l'aide du grand Allah et le secours du prophète Mahomet. »

Il trépigne. Il salive. Il sourit de nouveau. Il aime les noms magiques, les mots inconnus, les termes étrangers. J'ai lu beaucoup dans les volumes de l'encyclopédie. Je me suis documenté à fond. Mon oncle est parti pour l'Afrique. Il est déjà allé en Indochine. C'est un voyageur infatigable, l'oncle Ferdinand. Je l'admire tant. Il reviendra au pays à Noël et nous racontera encore ses voyagements, ses aventures singulières. Il sait tout. Il nous a appris que nos ancêtres venaient de loin, d'une armée musulmane. Que nous descendions des Arabes, que nous avions des ancêtres venus de l'Orient mystérieux pour établir l'empire des Croyants jusqu'en Espagne, jusqu'en France.

« Ça va faire, les rêveries, Clovis, nous partons. Arrivez tous. » Maman-colonel ferme les portes des chambres et du salon. C'est fini la ville. « Viens, Mario, viens-t'en, on va revivre nos tumultueuses campagnes de guerre, nos parties de chasse, nos batailles terrifiantes. Viens. »

Mes sœurs s'installent dans l'automobile de l'oncle Léon et mon frère et moi on va s'asseoir sur les tas de boîtes dans la camionnette.

« Fais asseoir Mario en avant avec toi, Jack » crie Lucia. Mario refuse. Il veut rester avec moi. Il a besoin de moi. Il sait que j'invente pour lui mille récits, mille contes. « Bon, okay, le petit chouchou à son grand frère, reste avec lui, mais surveille-le, Clovis, qu'il se tienne bien, tu en es le responsable. » Et maman va retrouver ses chères filles dans l'auto. Alors Lucia, toute souriante, s'installe aux côtés de son cher Jack, son fiancé. Moteur !

Mario s'installe sur un gros coussin à carreaux. Derrière lui, un tas de vieilles tentures fleuries volent au vent.

« Mario, si tu te voyais, installé comme ça, tu as l'air d'un jeune cheik, d'une jeune potentat de l'Orient mystérieux d'où nous venons. »

Mario est heureux. Il sort ses palettes de gomme à mâcher. Il me regarde avec ses petits yeux gris-bleu de jeune loup avide d'aventures. Je m'en promets. Il en aura des aventures. Je n'ai pas lu tout l'hiver dans mes encyclopédies pour rien. Je suis plein. Je déborde. Il va se souvenir de cet été-ci.

Je le regarde qui retient une lampe à grand abat-jour, qui se cramponne chaque fois que le camion prend un tournant et je me demande encore pourquoi il a tant de mal à apprendre ses leçons de l'école primaire, lui qui ne perd pas un mot de tout ce que je lui raconte, qui retient si bien mes explications sur notre curieuse généalogie. Il y a quelque chose qui cloche quelque part. Ça me paraît inexplicable. Il doit avoir dans le cerveau comme un casier qui s'est coincé, un tiroir de bloqué.

La route défile sous nos jambes. Des voitures parfois nous suivent de très près. Mario fait d'affreuses grimaces aux passagers de ces autos. Je lui flanque des claques derrière la tête. Il rit. Il est très moqueur. On se moque si souvent de lui à l'école que je me demande s'il ne fait pas que prévenir, comme d'instinct, les moqueries habituelles.

« Écoute-moi bien, Mario — je dois parler très fort pour couvrir les bruits du trafic —, tu sais, cette année, il ne s'agira plus de batailles anonymes contre de méchants cow-boys ou de marches innocentes dans le bois, il faut que tu comprennes bien qu'il s'agit d'une lutte historique. Il y va de l'honneur des Jhie, oui, de l'honneur de notre famille tout entière. Nous allons monter en France, ce ne sera pas une petite affaire, tu comprends ça ! Nous allons porter là-haut le message de l'Islam. »

« Oui, oui, je comprends. » Il prend l'air grave que j'aime tant lui voir prendre quand je lui révèle des données qui comptent. Il répète lentement. « L'honneur de l'Islam, Clovis, de l'Islam. » Je sais bien qu'il ne connaît pas encore le sens de ce mot, mais il est comme ça mon petit frère. Il a cette confiance totale qui me fait du bien et me stimule. Et jamais je n'ai trompé ses attentes. Il sait que Clovis, le futur prêtre de la famille, n'avance rien qu'il n'a d'abord vérifié soigneusement dans ses encyclopédies. « Clovis, ce sera une grosse bataille, hein ? » « Énorme mon petit Mario ! Nous allons attaquer Poitiers ! Nous ferons peut-être changer la face du monde si nous triomphons, Mario. » Il plisse les yeux et regarde au loin le paysage qui défile : « Oui, on va gagner. On gagne toujours avec toi, Clovis. On va gagner. »

Jack a fait stopper le camion et est allé chercher des cigarettes dans un restaurant. Lucia vient voir si tout va bien. Si les paquets ne se sont pas défaits. Elle tâte les ficelles puis elle me regarde avec son petit air supérieur : « Je suppose que tu lui bourres encore la tête avec tes histoires abracadabrantes ? »

Je ne réplique jamais dans ces cas-là. C'est toujours la même chanson avec ma mère ou mes sœurs. « Tu lui montes la tête. Tu l'empêches de dormir. Tu lui fais avoir des cauchemars. Tu l'empêches de vieillir. » Tralala !

Elles n'ont pas le sens de la vraie vie. Elles ne vivent qu'en apparence. Elles sont comme des aveugles. Et des sourdes. Elles ne croient à rien. Elles mangent, elles travaillent et elles dorment. Des automates. Elles ne s'amusent pas. Elles se laissent vieillir machinalement. Mes sœurs, même les plus jeunes, sont déjà vieillies. Sont déjà des légumes.

Et c'est le départ. L'abat-jour s'abat sur la tête de Mario. Il le retire d'un geste empêtré et me sourit.

« On y sera bientôt. Bientôt tout va reprendre comme l'été dernier. »

Il regarde au ciel. Devient comme triste et puis se secoue et me fait entendre toutes les sortes de bruits qu'il est si habile à reproduire. Des chevaux qui courent, hennissements, un avion qui vrombit et qui crache de la mitraille, la chute de l'avion ennemi, la pétarade d'une moto de guerre, des coups de revolver avec les sifflements. Le cri strident d'une sirène d'alerte, le son rauque d'un paquebot-cuirassier, il n'arrête plus. Il faut que je lui fasse signe de se reposer, que j'insiste. Il halète.

2. « Dépêchons, dépêchons, ça coûte cher ces camions loués. » Ma mère s'énerve encore. Elle entre et sort sans cesse du chalet loué. Elle compte ses boîtes, Lucia l'aide. Deux autres de mes sœurs sont chargées de monter aux chambres mansardées de l'étage les paquets marqués CHAMBRES D'EN HAUT. Reine, la plus jeune, est allée tout de suite courir sur la plage, elle a cinq ans. Nicolette, pas beaucoup plus vieille, défait les balançoires entre les deux gros ormes du bord de l'eau. Avec Jack et Mario nous essayons de vider rapidement la camionnette. Ainsi on pourra la retourner au loueur dans un temps record.

Maintenant maman a sorti sa sauce à spaghetti et fait bouillir les pâtes. Le soir tombe. Je pense sans cesse à notre champ de bataille, à la sablière, derrière la chapelle, avec ses dunes, ses deux petits lacs remplis d'une eau bien plus claire que celle du grand lac, au bois de bouleaux à l'est, au bois de pins géants au sud, à l'horizon de montagnes au nord, derrière le chemin de fer. Mario aussi doit y penser, car il a le regard vague de celui qui attend un train prochain dans une gare. Il me regarde.

« Demain matin de bonne heure ? » Je lui souris. Je sais qu'il sera debout à l'aube, assis sur la véranda avec son couteau de scout, ses pelotes de ficelle, sa petite boussole, son épée de bois, ses fanions de guenille rouge, tout son accoutrement de guerrier pour l'été.

Après le souper, c'est la corvée : couper du bois pour la vieille cheminée aux pierres branlantes et pour l'antique cuisinière à deux ponts. Puis il faudra passer la vadrouille dans les chambres du grenier, installer les moustiquaires de la galerie, remisées dans la cabane, déclouer les contrevents de planches, amorcer et faire fonctionner la pompe à eau, la graisser, la huiler, nettoyer le petit hangar aux râteaux, réparer la roue de la brouette... ouf !

On se couche épuisés. J'ai tenté de faire le plus d'ouvrage possible afin que demain matin nous puissions être libres d'aller reconnaître le site de nos prochaines batailles épiques à la sablière. Mario est d'une force étonnante même s'il n'a que dix ans. Il sait bien lui aussi que plus on en fait ce soir, moins ma mère cherchera à nous empêcher d'aller aux buttes de sable demain.

Avant de monter à notre chambre du grenier, maman m'a retenu par le bras au pied de l'escalier : « Tu sais, Clovis, tu vas avoir seize ans bientôt. Pense donc que c'est tout probablement tes dernières vacances à la campagne. L'été prochain, tu devras te trouver un emploi en ville et nous aider à joindre les deux bouts. » Je lui souris. « Si je suis pas mort d'ici là, m'man, on sait jamais. » Ma mère déteste ce genre de propos fatalistes, elle fait un signe de croix bâclé. « Dis donc pas de niaiseries, t'es plus un enfant. »

Il me semble que c'était hier que j'étais encore un enfant. Que le temps était donc toujours beau alors ! Je descendais bien rarement dans le monde ordinaire. Je restais en l'air. Je vivais dans les nuages. Et j'étais bien. Mes vacances d'été duraient plus longtemps. Ma vie était plus dense, il me semble. Le soleil de l'été m'accompagnait partout et s'il pleuvait, c'était un jeu, c'était encore un spectacle. La nature me collait à la peau. Les fougères des boisés environnants étaient des bouquets ravissants, les petits bouleaux blancs étaient des clôtures naturelles pour garder toutes mes bêtes sauvages, caribous farouches, bisons géants, antilopes libres, kangourous agiles, lions fougueux dressés uniquement pour mon service. Je m'étendais sur la mousse d'un rocher et je regardais les aigles qui emportaient dans les nuages, au-delà de l'océan, mes innombrables victimes, Sioux malicieux, méchants cow-boys abattus de mes mains chargées de longs pistolets à crosse d'or. Ah oui, j'étais un enfant comblé chaque été, libre du matin jusqu'au soir. Je nageais entre les crocodiles domptés et mes hippopotames familiers, je courais jusqu'à la montagne, passé la route 29, je grimpais aux arbres et le cri de Tarzan n'était rien à côté de mes cris qui résonnaient partout en écho !

Autour du lit de fer de Mario, le clair de lune me permet de voir les objets qu'il a étalés. Son épée est d'un bois tout neuf. Il n'a pas oublié la gourde militaire offerte jadis par l'oncle Ferdinand, revenu d'Indochine. Mario dort avec un petit sourire sur les lèvres. Ses cheveux blonds lui font une frange épaisse sur le front. Il tient son oreiller à deux mains, fermement. Il me racontera ses rêves demain au lever et j'envierai encore la richesse de ses nuits. Mais soudain, il ouvre les yeux : « Je dors pas, tu sais. J'ai trop hâte a demain. »

« Faut que tu dormes. Faut que l'on soit en forme pour dresser les tentes demain, atteler nos chevaux, affûter nos lances et nos glaives, nettoyer nos armures. » Il me regarde tout heureux. Sa bouche remue nerveusement. Il ferme les yeux et je sais que c'est le signal pour que je parle, l'aidant ainsi à s'endormir, à partir dans ses merveilleux songes.

« Mario, tu vas comprendre. Mahomet est venu pour nous délivrer en 622. Il s'installe à Médine qui est un port là-bas en Orient. Il ira à Damas puis à Bagdad. C'est, peu à peu, un empire, Mario, un empire, tu comprends ? l'empire du commandeur des croyants. Et La Mecque est bien fondée. L'Islam sort de l'Arabie, l'Islam sera partout, en Palestine, en Mésopotamie, en Syrie. Le Coran s'écrit, Mario. Nous sommes musulmans et les meilleurs cavaliers du monde. Il n'y a plus de prêtres, de clergé sévère, plus d'autel et de rites chrétiens. Il n'y a plus que la prière à Allah, cinq fois par jour. Il n'y a plus de clochers d'église pour nous deux. Il n'y a que des minarets avec l'iman qui appelle les croyants aux incantations. Tu peux être fier de nos ancêtres, Mario. Nous avons envahi la Tunisie, en 800, Mario, la Tunisie que nous appelons l'Afrique, et nous sommes venus jusqu'ici en Espagne, Mario, l'Espagne ! La grandeur de Bagdad est ici en Andalousie. Cordoue est un nouveau Damas. Toute l'Espagne est une Nouvelle-Arabie. Tout s'embellit grâce à nous, Mario, la grande mosquée de Cordoue est un bijou, l'Iran et la Perse sont parmi l'Espagne. On y voit d'habiles mosaïstes partout à l'œuvre. Les nouveaux califes font s'élever des architectures qui étonnent les vieux Espagnols. Mario,

Mahomet qui est entré au paradis à cheval est heureux de voir ça, et son ange Gabriel encore plus fier ! »

Ici, Mario pousse un long soupir et d'une voix pâteuse murmure : « Moi aussi j'irai au ciel à cheval, Mario, à cheval. »

Je sais qu'il va sombrer dans le sommeil bientôt, son sourire a disparu et son visage s'affaisse un peu. Il ne tient plus que mollement son oreiller. J'essaie de me rappeler mieux mes pages d'encyclopédie et surtout les illustrations : « Mario, tout est vert et noir, rutilantes petites pierres des mosaïques comme celles du Caire, en Égypte, et on verra ça jusqu'en France que nous nous préparons à assiéger, Mario, en Aquitaine et en Auvergne. Un jour, partout on pourra voir l'influence de notre Orient. C'est un peu comme le bois derrière la sablière, Mario, les murs sont devenus des jardins floraux, tu imagines ? Tu te rends compte, c'est nous la civilisation qui monte de l'Espagne pour couvrir toute l'Europe un jour. Nous apportons les mathématiques, nos sciences de la mer, notre philosophie et nos vastes notions d'astronomie, tu regarderas bien demain les fioritures entremêlées, notre géométrie complexe sur les murs de nos édifices tout neufs, déjà on en voit jusqu'en Sicile, oui, jusqu'à Palerme, en Sicile. Nous nous installons et on nous admire partout maintenant.

« Je t'emmènerai prier à Cordoue, tu verras la maqçoûra du Prince dans la mosquée, ce n'est plus du bois ordinaire, c'est de la dentelle de bois ! Tu seras ébloui par nos soies décorées, alors, tu vois, il faut combattre, il faut aider à l'installation d'un monde si beau. Tu verras Malaga et Valence, les tombeaux des rois marocains, tu verras l'Alhambra et tu feras : ah ! Les sultans de Grenade et Mohammed V et Yousof 1er règnent en rois en Nouvelle-Arabie qui est l'Espagne. »

Mario dort maintenant. Il me reste à m'endormir moi-même. Je vois un immense tapis persan flottant au-dessus de la sablière, les cabanes des ouvriers du sable se recouvrent de stuc de pierres émaillées ou de briques aux dessins capricieux. Comme à Tolède, comme à Saragosse, les artisans musulmans émigrent nombreux mais, c'est choquant, je perçois des bûchers puis des croisés démontés qui apparaissent aux frontières et, quand je cours me réfugier là-bas en Perse ou en Iran, il y a encore des fantômes, des hordes venues d'Asie, de terrifiants Mongols qui menacent de partout. Et puis des Turcs maintenant... Gengis Khân m'apparaît, à cheval, il brandit le poing vers moi et j'ai très peur. Je distingue le redoutable Tamerlan et le grand Khân avec Timour-Lang, ils piétinent des pattes de leurs chevaux l'image vénérée de Tarik qui débarquait le premier à Gibraltar ! Ils crachent au visage de leurs prisonniers berbères. Et quand je reviens en Espagne, il y a, dans les brouillards épais, des croisés chrétiens qui foncent sur Tolède et se construisent des châteaux forts en Castille. Grenade va tomber ? Ça ne se peut pas. Depuis 711 que l'on combat pour apporter la beauté, la charité et la prière musulmane, ça ne se peut pas que tous s'écroule. « Mario ! »

Je me réveille. Il dort. Alors je referme les yeux fermement et Don Quichotte m'apparaît en riant aux éclats, il a fait monter Zorro derrière lui. Il me montre la forêt d'érables près de la voie ferrée et je cours m'y réfugier en tremblant. Je suis sauvé, j'entends le cri de Tarzan. Il voltige dans le faîte des chênes et des grands ormes et me montre les lianes. Je suis sauvé. L'oncle Ferdinand est là aussi dans cette clairière, il a un chapeau d'explorateur et me fait signe d'atterrir. Il rit aux éclats et je retrouve la paix. Je peux dormir, c'est faux ces Mongols et ces Turcs en Arabie, ces Wisigoths sauvages, ces chrétiens vengeurs et leurs châteaux, nous gagnerons, nous civiliserons la France, puis l'Angleterre, la Germanie et l'Italie et le plus beau règne du monde va commencer. Nous irons porter Allah et les prières à Mahomet jusqu'en Terre-Neuve, de l'autre côté de la mer Atlantique.

3. Mario est assis sur la véranda. Il est chargé. Ses armes le bardent. Il a son mouchoir rouge de cow-boy au cou. Il me sourit : « Tu dormais dur, Clovis. J'ai tout fait pour te réveiller. » Il rit en se retenant. Il ne faut pas réveiller les filles. Mario a rempli mon bol de céréales. Je verse le lait. Une autre boîte de Corn Flakes s'achève et avec tous ces dessus de boîtes et 99 cents ce sera un autre tome de ma deuxième encyclopédie.

« On ramassera des bouteilles vides, hein, Clovis ? » Mario arrache le dessus de boîte et va le cacher sous une pile d'assiettes de l'armoire. Il sait que c'est important tous ces livres, que c'est précieux pour nous. Il ne sait pas lire rapidement encore, mais il compte sur moi. J'avale en vitesse, mais, crac, la mère nous apparaît. Elle parle à voix retenue mais n'est pas de bonne humeur : « Où allez-vous ? Ça recommence comme l'été passé ? » Je pousse Mario hors du chalet. Maman nous suit dehors : « Écoute-moi bien, mon garçon, j'ai souvent besoin d'un homme, moi, ici. Tu t'en vas sur tes seize ans, Clovis. » Mario se met à bégayer tant il a peur que maman nous empêche de partir : « On-on... sera... pas-pas... pas long... longtemps par-partis, m'man ! » Maman change de ton, elle a horreur d'entendre Mario bégayer. « As-tu apporté la petite montre que ton oncle t'a donnée en cadeau ? » Mario se calme et tente de sourire : « Non, j'ai trop peur de la casser. On s'en va pas jouer, on s'en va se battre là-bas. Les Arabes ont des boussoles, pas des montres. » Ma mère sourit faiblement, me regarde :

« Encore tes histoires d'encyclopédie ça ? Je veux que vous ayez une montre pour qu'à midi précis vous soyez ici pour manger. Je vais faire de bonnes galettes de sarrazin, midi juste, c'est compris ? »

Mario court dans la maison et va chercher sa montre. Il revient essoufflé et se la passe au poignet. Il me marmonne : « Je l'enlèverai rendu là-bas. »

« En route ! On sera là à midi, m'man ! » Et je pousse Mario pour qu'enfin nous déguerpissions de ce terrain étroit, de cette mère couveuse et accaparante. J'entends la porte de moustiquaire qui grince et claque, et le cri de ma mère encore :

« Clovis, minute, tu me rapporteras une boîte de sel et deux douzaines d'épis de maïs. » Je reviens vers le chalet. Elle me donne un peu d'argent puis me l'enlève : « Non, tu vas le perdre. Tu diras à monsieur Fortin de nous marquer ça. Je le paierai vendredi avec le reste de mon marché. N'oublie pas, midi. » On y va. Cri de nouveau. « Clovis ? »

« Oui, quoi encore ? » « Je vais te marquer ça le sel et les épis sur un bout de papier, je te connais, tu vas oublier et me revenir les mains vides. » Mario piaffe d'impatience. Enfin, j'ai le billet et le fourre dans la poche de mon coupe-vent. « En route en route. »

Le chemin de sable et de gravier nous paraît bien long. Nous tournons le coin et allons vers le nord, vers l'épicerie Fortin. « Mario, s'il fallait qu'on oublie. Je vais acheter tout de suite la commande. On cachera ça dans notre abri là-bas. » Mario m'attend, assis sur le banc du long du mur sous la vitrine. Il agite les pieds comme s'il marchait dans le vide. C'est fait.

Nous contournons le champ du plombier Willy et nous traversons le boisé de bouleaux maigres d'une blancheur aveuglante. Les cris des oiseaux semblent saluer notre retour. D'un coup de hache je tranche le frêle tronc d'un bouleau mort. « Une arme de plus ! » Mario s'en empare et le lance comme un javelot ! « Parfait. »

On s'arrête côte à côte. La sablière est bien là, devant nous. Au loin, les buttes de sable. Derrière, la cabane du gardien et la haute silhouette de la pelle mécanique. « Le dragon est toujours là » me dit Mario le doigt pointé vers cet horizon. On marche dans le sable, puis on retire nos souliers. Notre cher sable. On bifurque à droite vers le bois de pins et de hauts cèdres. C'est là. Mario court.

Tout est là. La cabane juchée entre trois gros pins. Quelques planches à fixer, les vents de l'hiver sans doute. Nos trésors sont dans un gros coffre enterré plus loin en comptant huit cèdres, au pied du Sapin Croche.

Mario y va et sautille au-dessus de la cache avec un sourire complice : « Clovis ! Clovis ! Préparons la première bataille, hein ? »

II

1. Un grand cri ! Mario en frissonne. « C'est le fils de Mohammed V qui a donné le signal, Mario. Faut y aller ! » Je brandis mes quatre drapeaux au bout de ma haute lance et nous partons comme des flèches. Nos chevaux s'égarent, écume à la gueule. Ils font partie de nous. Nous sommes minotaures, moitié hommes, moitié chevaux. On a hâte d'être face à l'ennemi. Les montagnes nous regardent, muettes, hypocrites, cachent l'adversaire. « En avant, en avant ! » Il y a par ici un col assez raide. C'est un sentier muletier.

Personne ne se doutait de notre soudaine poussée. J'ai pris d'assaut la pointe des épinettes. Il y a une petite baie d'eau jaune à côté. Le sable y est tout mou, un coup de talon et l'escarpement se défait, s'enfonce. Mon frère est tout haletant. Il est si farouche, si déterminé aussi. Nous arrivons de loin. Nous venons du pays des pins couchés changés en montures rapides. Nous sommes devenus fauves et féroces. Nos soldats font le guet tout autour de cette baie. Le pays est tout blond. Partout du sable, les côtes et les trous ne se comptent plus. Au nord, à l'horizon lointain, il y a la France. L'inconnu tout en verdure. Derrière nous, l'Espagne orientalisée. Un coin d'ombre enfin, fait de quelques mélèzes. J'attache mon cheval. Mohammed V et Yousof Ier peuvent nous rejoindre. Nous avons ouvert le chemin. Pour cela on me taillera une maqçourâ comme pour les princes dans la future mosquée de Poitiers. Que vienne le triomphe !

Tout à l'heure, le petit Kouri est venu se joindre à nous. Puis Ramona qui voudrait tant être un garçon. Je dois calculer. Décider d'un plan pour une autre avance. Les autres me regardent réfléchir et moi je regarde le soleil. La lumière flamboyante de fin juin fait briller nos drapeaux de soie. Car nous apportons la soie, Français. La soie, décorée à profusion. Au-dessus de notre halte dans ce petit désert d'ocre, il y a du bleu et du vert, de l'or et de l'argent. Toute cette beauté baroque les jettera dans la confusion et l'admiration.

Que nous sommes légers, cavaliers aériens ! Les Français sont pesants en ce temps-ci, armures lourdes de ferraille primitive. Nous les envelopperons comme une nuée venue du ciel. Ils ne verront que nos couleurs et croiront assister à une charge céleste, insaisissable, tout comme on ne peut capturer un nuage, un songe, un coin du ciel. Vive la France ! Nous aimerons les Français. Nous aimons la terre entière.

Mario s'approche, tenant les guides légères de sa nerveuse bête : « Une fois là-haut, tu sais, ce sera une dure bataille d'abord. Mario, ce sera la grande conquête une fois Poitiers pris. Avec des radeaux, par la Loire et par la Garonne, nous ferons monter Allah, le seul Dieu, dans les contrées sauvages du Nord. La paix va régner, la prière sera partout. »

« Mon cheval a soif. » Et il s'en retourne vers la petite baie. Il sent tout. Il sait le cheval comme pas un.

Moi je n'arrive pas aussi bien à deviner les états de mon brun coursier.

L'avant-midi est d'une clarté totale. Ramona lave son cheval avec des soins attentifs. Passent près de nous dix hauts cavaliers enturbannés qui font une ronde de guet. Mario fait ses bruits de bouche, illustrant tout ce que je décris. Quelle pavane ! Vive Tarik, débarqué il y a vingt ans à Gibraltar !

« Vive Tarik ! » gueulent Mario et le petit Kouri. Bientôt il n'y aura donc plus qu'un seul royaume. Bagdad sera fier de nous. Un seul souverain, le grand Allah, de l'Iran et de la Perse jusqu'à la Syrie, jusqu'en Palestine. De l'Espagne occidentale jusqu'en Autriche, jusqu'à Constantinople. Un seul beau combat pour l'art. Pour la beauté et la charité. Mais la France d'abord.

« L'oncle Ferdinand sera content quand il reviendra à Noël. Nous lui raconterons cette campagne. » Mario m'écoute attendri. « Oui, oui, il faut être digne de lui, Mario, il le faut ! » Nous sommes l'Arabe instruit qui civilise. Je suis capitaine musulman, au teint de châtaigne, aux yeux de café. Le petit Kouri s'en va inspecter la forêt de hêtres et d'érables à mon commandement. Que j'aime la discipline militaire ! « En selle, mes amis ! » Nous avançons au trot, prudemment. France est lourde de cuir mal tanné et de fer mal battu. France heureuse élue d'Allah, ton tour est venu. Comme en Espagne, nous allons décorer tes contrées, te transformer, nos céramiques te tapisseront, il y aura dans tes marbres des entrelacs indéchiffrables, dans ta terre cuite des oiseaux de paradis, des fleurs iraniennes, des volutes persanes. Nous pétrifierons la nature à perpétuité. Des plantes inconnues de toi vont alléger tes architectures lourdaudes. Tu t'en souviendras longtemps.

« Clovis, regarde, il y a le quêteur là-bas sur la butte du chêne ! »

Le vagabond Rosaire nous regarde et joue de son vieil harmonica ! Il est français. Je mets mes mains en porte-voix : « Écoute, nous sommes la nouvelle alliance, la nouvelle religion. Il n'y aura plus ni croix, ni autel païen, finis les sacrifices, le souvenir du Crucifix. » Rosaire a frotté son harmonica et joue de plus belle *À la claire fontaine*.

Alors je gueule plus fort encore : « L'ange Gabriel est partout. Il sera avec votre Jeanne, la pucelle — la cavalière — il sera pas loin d'ici à Lourdes. » Rosaire cesse de jouer et nous regarde. Un rien l'effarouche. « À l'assaut ! » Nous galopons vers lui et il se sauve, à l'abri, dans la chapelle.

« Mario, je le sens, il est ici avec nous ! »

Mario approche son cheval blanc du mien : « Il est là, Clovis. » « Oui, Gabriel est ici. L'ange annonciateur est près de moi, comme il a guidé Mahomet à La Mecque, à Médine. »

« Qu'est-ce qu'il te raconte, Clovis, l'ange ? »

« Il me fait comprendre qu'il sera là à Poitiers aussi. Que les Français vont se convertir, qu'ils seront heureux d'apprendre la cavalerie légère, qu'ils aimeront nos simples prières, qu'ils tourneront, eux aussi, leurs regards vers La Mecque. » « En avant ! » gueule Kouri en sortant de son bois. On y va et les crinières nous fouettent le visage.

2. Nous sommes à l'ombre. On m'amène un prisonnier. Il est ficelé comme un saucisson. Il dit qu'il revient de loin, du fond de l'Ouest. Il parle de pêcheurs, venus du Portugal et du pays basque, qui vont aussi loin que le soleil se couche, au-delà de la grande mer, en des terres toutes neuves où ils emplissent leurs barques de morues. C'est à l'autre bout du monde. Là où l'Occident rejoint l'Orient. On le détache, Ramona lui donne des biscuits à la mélasse et il s'en va en nous souhaitant de la chance.

« Mes amis, un jour, nous irons jusque là ! Nous irons porter la parole du Prophète jusqu'en ces terres neuves. C'est promis. Mais il faut nous dépêcher, car les Mongols finiront par découvrir le fusil à poudre des Chinois et des Coréens. »

Mario me tire la manche. « Je n'aime pas trop l'eau, tu le sais. Je préfère nos déserts de sable. » Je ne dis rien, mais je me sens prêt pour une longue expédition. Je laisserai mon frère en France et je partirai pour ces terres neuves seul. Mario sera le gardien de la France. Je sens, mon ange me le dit, que j'aimerai cette terre neuve et le golfe Saint-Laurent. Il s'en va maintenant sur son tapis magique volant, Gabriel. Il m'a laissé des signes dans le sable. Je tente de déchiffrer ses énigmes et Mario attend. Il sait que tout est soigneusement préparé, que j'ai tout lu dans ces livres offerts avec les dessus de boîtes de céréales. Il me fait confiance. « Écoutez, c'est écrit dans ce théorème sur le sable : Nous avons la jeunesse, l'avenir, la vie nouvelle, cette conquête est notre salut et notre destin ! En avant ! »

Nous galopons encore. On voit la petite gare du chemin de fer.

« Papa viendra nous voir lundi prochain, hein, Clovis ? » Eh oui, il descendra du train, avec son linge sale et quelques paquets de victuailles, ici, à cette gare, lundi, comme tous les lundis de cet été. Il ne peut pas venir le dimanche comme tous les voisins. Il a son restaurant, moitié chinois, moitié italien. Egg rolls et pizzas ! Il a son travail. Mon père est le contraire de son frère, l'intrépide Ferdinand, notre oncle bien-aimé !

Lundi passera vite. Ça ne durera qu'une petite journée. Une journée triste sans nos batailles. Il nous racontera les petits potins de la métropole. Nous l'écouterons, mon frère et moi, par politesse. Mais c'est loin lundi. « En avant ! En avant ! »

Nous galopons. Ramona vient galoper à ma hauteur. Elle me fait un de ces sourires graves dont elle a le secret.

« Clovis, quel âge elle avait Jeanne d'Arc ? »

« Pas beaucoup plus vieille que toi, Ramona, pas beaucoup ! » Et elle s'éloigne en souriant, tenant à bout de bras une sorte de hallebarde surmontée d'un fanion où l'on peut voir le croissant et l'étoile de l'Islam. Ses longs cheveux noirs flottent au vent comme son drapeau. Et elle disparaît de ma vue.

Je vois la terre entière devenir un grand et somptueux décor fait d'arabesques jolies. Le monde deviendra un éden, un petit paradis, espace lumineux décoré d'une flore envahissante comme lierre.

Nous retrouvons Ramona derrière une butte de sable très haute, au bord de l'eau. Elle nous appelle.

« Venez voir ! Venez vite ! » Nous accourons. Elle nous fait voir des graffiti dans le sable mouillé ! Je la regarde avec insistance. Elle me sourit : « D'autres théorèmes algébriques, Clovis ? » Je crie au petit Syrien Kouri et à mon frère d'aller faire une ronde de l'autre côté des dunes. Ils partent en faisant claquer leurs fouets.

« Ramona, c'est toi qui as fait ces dessins dans le sable ? » Elle sourit encore. Plisse les yeux. Me défie d'une moue provocante.

« Dis-le, c'est toi, oui ? »

« Oui ! c'est moi. Je t'ai vu, toi aussi, qui traçais des dessins ce matin. Ce n'est pas ton ange Gabriel qui les fait ? »

« Écoute, Ramona, écoute-moi bien. Quand le vent est bien fort, comme aujourd'hui, je l'entends qui me fait ses recommandations. Et alors, oui, je trace dans le sable ce qu'il me dicte, tu comprends ? C'est comme une dictée que je fais sans savoir tout de suite les significations des figures dictées. Est-ce que tu vois la différence maintenant ? Toi, tu as écrit n'importe quoi ! »

« Non, pas n'importe quoi ! Regarde comme il faut ! »

Et au bout de quelques longues courbes et d'un tas de X et de Z je peux lire : RAMONA AiME CLOVIS. Je rougis un peu malgré moi. Ce n'est pas le temps des sentiments à l'eau de rose. Il y a ici des combats à mener. Décidément, les filles sont bien légères.

« Et toi, Clovis, est-ce que tu m'aimes ? »

« J'aime tous mes bons soldats, garçons ou filles ! » Et je pars au galop rejoindre Mario et Sylvio Kouri. Mais Ramona me rattrape : « En France, si tu es roi, est-ce que je serai la reine ? »

Je ne réponds pas. Je serai peut-être calife et j'aurai peut-être plusieurs femmes. Le Coran le permet après tout. Je serai peut-être émir ou shah, ou simplement cheik, ou quoi encore. Il y a en France le roi Charles. Et il ne voudra pas d'un deuxième roi. Mais je l'amènerai à être un bon roi musulman qui fera sa prière vers La Mecque cinq fois par jour, ça, j'y arriverai.

Ramona pense à l'amour, mais moi depuis que j'ai dix ans, depuis que nous venons ici, chaque été, je dois livrer des batailles sanglantes, aussi me voilà endurci. Et je n'ai pas la tête aux fredaines romanesques. Je suis nomade, moi, je ne peux m'attacher ni à Ramona, ni même à mes parents, à personne. C'est mon oncle Ferdinand qui m'a expliqué tout ça. Que nous, les Jhie, étions jadis des Arabes et que de l'Espagne nous devions monter en France pour rencontrer les soldats de Charles, le roi fameux des Français. Il a lu d'épais volumes de généalogie, l'oncle. Ce n'est pas un petit marchand de friandises comme papa, il a été notaire l'oncle Ferdinand, il a étudié la théologie, il a brassé de grosses affaires un temps, puis il a été socialiste, mon oncle à moi, puis il a voyagé et il a combattu. Il connaît l'Indochine, le Laos, le Cambodge, le Tibet aussi, il a lu *Le Livre secret des morts*, mon oncle, et il peut déchiffrer les écrits de Blavatsky, qu'il m'a dit. Il sait des choses bizarres. Il nous a parlé à Noël, à mon frère et à moi. À moi surtout, puisque moi, j'ai commencé à faire du latin et du grec, il a confiance en moi. C'est lui, l'oncle Ferdinand, qui m'a offert ma première encyclopédie, mon cadeau des fêtes il y a cinq ans. J'avais dix ans dans ce temps-là et pourtant je comprenais presque tout, à peu près tout ce qu'il y avait d'écrit dans les douze tomes de son encyclopédie aux pages jaunes, racornies, usées. Lui il l'avait eue de son cousin tué à la guerre sur les plages de Normandie en face des Boches déchaînés, une autre histoire terrible ça aussi. C'est pour tout ça qu'aujourd'hui je peux être là à guider tout mon monde, à conduire nos troupes jusqu'à Poitiers. Car c'est de là que nous repartirons un jour, nous les Jhie, pour aller en Amérique combattre les méchants et furieux Iroquois et bâtir un pays tout nouveau pour le roi Louis XIV. Eh oui ! on ne rit pas avec l'histoire.

3. Kouri se gave de petites cerises sauvages. Il en a la gueule rougie jusqu'au bout du nez. Mon frère aiguise son poignard de chasse. C'est une nouvelle halte. Le dragon mécanique crache une fumée noire très dense. Le sable tombe dans les wagons alignés sur une voie ferrée. Mon regard parcourt l'horizon. À l'est, il y a les Huns. On peut voir, d'ici, en grimpant sur les buttes, une tour allemande. Pour toutes les Allemagnes, il n'y aura aussi qu'une Mecque ! Les Vandales devront se joindre à nous. Les Goths et les Wisigoths aussi y viendront. Pas un vieux Celte, pas un jeune Gaulois ne refusera de comprendre notre divine mission, notre grand but d'unité de tous les hommes. Même les Danois admettront Allah, seul Dieu.

« En selle, en selle ! »

Le petit Kouri ouvre encore la marche. Il va et vient. Il enlève les embûches, pierres, branches d'arbre mort, sa tignasse noire luit au soleil comme du goudron fraîchement épandu. Ce val des Pyrénées offre comme un apaisement. Ce pays ennemi n'a rien d'effarouchant. Un espion revient des lignes de front et nous trace des cartes avec un fusain. J'ai le plan de la citadelle de Poitiers ! Ses rivières, la Clain et la Boivre, au pied de sa colline, y figurent. Il nous annonce que son peuple, les Pictaves, guette en panique notre montée prochaine.

« Mario, Mario, il faut fourbir nos armes, le grand moment de l'attaque approche. »

Et je me retire dans la cabane, sous ma tente. J'irai au petit bureau de poste du village tous les jours. Il y a que je n'ai pas reçu le tome 7 de cette nouvelle encyclopédie des batailles mondiales. Sans lui, je ne sais pas bien exactement comment doit se dérouler cette bataille en vue de Poitiers. Ce n'est pas bien grave. L'été ne fait que commencer. Et il y a encore pas mal de chemin à faire avant d'être aux abords de Moussais et Poitiers.

En attendant, préparez-vous, petits rois wisigoths et vous tous Gaulois du grand Charles. Le soleil monte toujours au-dessus de la sablière. J'aime de plus en plus cet horizon des Pyrénées, je t'aime déjà, Poitiers et ta Boivre et ton Clain et toutes tes vallées. Et puis, j'ai si hâte d'être à Paris. Enseigner le Coran dans Paris !

D'abord Poitiers. J'y serai soldat, capitaine. Mais je serai aussi peintre d'enluminures comme mon père l'est par les soirs et les nuits. Je sais bien que la France aimera notre invasion. Elle est si riche de beautés. Je serai cavalier dans les vallées du Poitou et un jour, je m'en irai vers la mer Atlantique, mi-Arabe, mi-Poitevin. J'irai vers Rouen ou vers La Rochelle et ce sera le grand départ de notre troupe vers la Nouvelle-France. En Amérique, les Sauvages apprendront l'Islam et le grand Mahomet.

L'été dernier, un vieux moine de La Trappe était venu nous parler des Peaux-Rouges de sa région, un récit fabuleux d'oratoires construits en stations chrétiennes au sommet de la montagne, de longues plages de sable blanc, de cérémonies païennes, de calumet que l'on fume pour garder la paix, d'animaux déifiés et d'un grand manitou qu'ils ne savent pas encore nommer Allah.

« En avant ! » Personne ne bouge ! Que se passe-t-il ?

Je suis le regard de mon frère en direction de la maison du plombier Willy. Il y a là ma sœur Lucia. Mario enlève son mouchoir de cow-boy. Il faut rentrer à la maison. Mario galope vers Lucia, descend de cheval et lui donne la main en petit garçon docile. Si on veut manger, survivre, il faut toujours rentrer dans la tribu des Jhie, hélas. Lucia m'appelle comme si j'étais un enfant ordinaire. Je fais semblant de l'être, de n'être qu'un des petits frères du clan. Mais, plus loin, du côté de la gare, je distingue, il me semble, la silhouette du chevalier sans peur et sans reproche. Il est luisant de métal. Il me fait signe de venir le rejoindre. Près de lui, son frère, son valet, son suiveur Sancho. Je gueule : « Vive l'Espagne ! » Et plus fort encore : « Je reviendrai, Quichotte, je reviendrai ! »

Il s'écrase, se ratatine, s'abolit, s'enfonce dans l'eau claire de la sablière, les drapeaux, les oriflammes, les flambeaux, les fanions et les lances, tout s'aplatit, tombe en berne. Les cavaliers s'enlisent, les chevaux s'écrasent. Il n'y a plus que Lucia qui crie : « Viens, vite, il est presque midi et demi, Clovis ! »

III

1. Une semaine de terribles combats. Chaque jour de nouvelles stratégies à inventer. Il n'y a eu qu'une seule journée de pluie depuis le début des vacances. C'était hier. Par ordre de ma mère-colonel, il a fallu nettoyer le hangar et le greffer, réparer la grosse lampe de la salle à manger et la manivelle du tordeur à linge. On s'impatientait, j'aurais aimé batailler sous la pluie avec nos bottes, nos imperméables jaunes, nos casques de pompier. Une journée bête à pleurer. Mais c'est fini, ce matin, le soleil de nouveau et nous sommes plus nombreux que jamais. Ma jeune sœur Maryse a décidé de venir nous prêter main-forte, c'est la moins timorée des filles de la maison. Elle a treize ans et elle est capable de bravoure. Sont ici les frères Saint-Onge, les deux petits Carbonneau, les amis de Mario, et le grand Saint-André, Yvon.

Un grand cri. J'en frémis. C'est Mohammed qui donne le signal de ralliement. Je brandis mes fanions, je hisse ma lance et je pars comme une flèche. Nous savons si bien le cheval. Nous le savons par cœur. On a été si longtemps des cow-boys du Far West, des vacances entières. Les montagnes nous entourent muettes, remplies d'ennemis. Par ici, un col raide encore. Un autre long sentier muletier.

Le golfe de Gascogne brillera comme jamais quand nous le regarderons, car ce seront les yeux de l'Islam qui se poseront sur lui. Il tressaillira tout entier, sachant le changement de règne en France, le col de Belate est à nous déjà. À l'autre bout à l'est, nos amis s'installent dans le col de Perthus. Nous finirons bien par parvenir à Moussais et ce sera le début de la fin de cette pauvre chrétienté malmenée et divisée. Il n'y aura plus qu'une croyance : Allah ! La paix, la paix partout ensuite. Nous nous sommes répandus tout autour de la Méditerranée. C'est notre tour dans l'histoire. Nous plantons la racine du monde nouveau, c'est le début d'un seul monde. Gabriel me chuchote que, oui, la terre est bien ronde et qu'elle est à nous.

2. Tout est en place. Je crains toujours que les Vandales soient venus défaire le camp. Tous nos cavaliers sont là. Je monte en selle. Mario aussi et puis tous les autres. Mario sourit. Qu'il est heureux ici ! Il a un long sabre d'argent. Il en est fier. Il le fait étinceler en le tournant dans le soleil levant. On entend la longue mélopée d'une prière dans l'air du matin, c'est comme le cri d'un maraîcher au marché de la ville. « On y va ! » Le piaffement de tous les sabots me stimule. « En avant ! »

Il y a toujours des obstacles. De l'autre côté de ce chemin, l'autre sablière, inactive mais bien gardée. C'est la sablière des Merleau. Au loin, un moine innocent trottine sur sa mule. À l'ouest, loin, l'océan qui doit briller dans la clarté radieuse de cet avant-midi. Ramona s'amène, elle finit d'engloutir une grappe de raisins. Elle monte à cheval et me rejoint, fière écuyère que ses parents appellent « la garçonne ». Elle galope et fait voler ses longs cheveux noirs. Quelle grâce ! C'est cela la race arabe. C'est la beauté, cette allure fière. C'est la joie, la pitié pour les infidèles, la charité dans la conquête. Tout cela va couvrir le monde désormais. Charlemagne n'y pourra rien. Ni même Gengis Khân, ni son fils le Grand Khân, ni Tamerlan, ni toi, pauvre Timour-Lang. Personne ne pourra plus arrêter l'Islam débordant, la grande pierre unificatrice, la pierre noire du jardin de la mosquée première.

« À l'attaque ! » À Gibraltar, Tarik ne débarquait pas en vain. Les livres le disent, les images parlent. Mon frère pousse le long cri de Tarzan et nous fonçons. Les coups pleuvent. Le gardien de la sablière des Merleau veut protester. Nous chasser. Mais rien ne nous résiste. Mario m'épate, il nous devance et fait de grands gestes à l'horizon. Il est grimpé sur un tas de poteaux de cèdre et nous encourage à le rejoindre. Mon cheval se cabre et hennit furieusement. Le vent se lève et tout vole, queues et crinières, nos écharpes de soie peinte et le sable de ce désert. Il faut continuer coûte que coûte !

« Halte ! »

Nous nous reposons dans une grande érablière. Nous faisons rôtir des grenouilles. Ramona dit craindre l'herbe à puce, mais un ermite du pays basque lui recommande une pommade faite de gomme de sapin mélangée à de la poudre de salicaire broyée.

Des sueurs perlent à nos fronts. Le grand Saint-André déploie une carte et les petits Carbonneau lui font du vent avec des rameaux de fougères géantes.

Mille Merleau sont couchés derrière nous dans le sable, morts. Quelques blessés râlent au loin. Je donne des ordres qu'on aille les soigner. Nos lames sont rouges du sang versé.

Je me retire un peu à l'écart. Si j'avais reçu le tome 7, je saurais mieux de quel côté foncer. Ai-je donné l'adresse correctement à la compagnie de céréales avec mes dessus de boite et les 99 cents ? J'espère. Mon ange s'approche. Je le reconnais au bruit du vent. Il me questionne toujours sur mes rêves. La nuit dernière, j'ai mal dormi. Nous étions réveillés sans cesse par les cris et les chants du clan des Cousineau et celui des Beaulieu. Ils festoyaient sur la grève, près du chalet. Il y avait de la musique d'accordéon et de violons. Cela a duré une partie de la nuit. Mario et moi avions peur d'être épuisés au lever. L'ange est déçu et s'en va dans son bruissement de vent insolite.

Nous avons mangé vite. Des fraises sauvages. Mon frère a écrasé les sandwiches aux tomates que j'avais apportés. Tant pis. Une boîte de biscuits se vide en un clin d'œil. Mes sœurs Myrielle et Nicolette passent sur la route au loin, poussant la benjamine Reine dans un vieux landau grinçant. On se tapit. Elles ne peuvent nous voir. « Que c'est beau l'Espagne et son climat, que c'est beau les Pyrénées en France !. Viens, Poitiers, viens, accepte l'Islam. On va te soulager de ton fer trop lourd, de tes tanneries élémentaires, de tes chimies grossières, viens dans la paix musulmane, dans la beauté de notre culture, viens rêver, connais nos contes d'Ali Baba, d'Aladin, ta fée Carabosse contre notre Bon Génie ! On t'apporte nos soieries enluminées de finesses graphologiques, des tapis aux laines mordorées, c'est plus doux que tes nattes rugueuses de cordages primaires. Amène-toi, Poitiers, le destin des jeunes Jhie est là. J'irai ramer sur ta Clain et dans ta Boivre je nagerai. J'irai vers la Garonne et la Loire aussi. Nous y construirons, tentes flottantes, de grands radeaux pour monter vers Paris. » Mario et ses amis m'écoutent réciter ma prière à Poitiers et s'impatientent. Ce qu'ils veulent c'est de l'action. Toujours plus d'action. « En selle, mes amis, sabres au clair, s'il vous plaît ! » Des cris de joie accueillent mon commandement.

3. Maintenant, il nous arrive de venir ferrailler le soir après le repas. On y est en paix, ni autos, ni camions, ni le taxi bruyant du gros Johannon dans la montée de la Baie. La paix. Un certain silence. On peut donc mieux se concentrer sur les combats à livrer. Mais, le plus souvent, le soir, nous venons préparer le terrain de bataille des lendemains. Nous mettons de l'ordre dans notre arsenal. Nous améliorons notre abri dans les pins géants. Il a maintenant trois étages, c'est une tour imprenable. Il y a des caches un peu partout. Nous y cachons nos sous. Pour le tome numéro 8. En attendant, toujours, que me parvienne bientôt le tome 7, dans lequel je sais qu'est relatée notre historique bataille contre Charles Martel au VIIe siècle. Le soleil se couche lentement, rouge. Feu dans le ciel d'Oka. Le sable devient rutilant, rubescent, du fer y pointille, les granits de feldspath sont des diamants, le mica est de l'argent, le fer de l'or. Un calife est venu se faire tailler les cheveux. Ramona se parfume. Nous faisons brûler des encens rares, c'est la paix vespérale. Du haut de notre mirador dans les pins, on voit un vicaire qui secoue sa vadrouille sur la galerie de son presbytère. Un chien hurle. Mon frère fait cuire de la glaise dans un four improvisé. Nos chevaux, en liberté, boivent dans l'étang aux eaux comme enflammées.

J'ai appris que l'on fait monter derrière nos troupes de choc des douzaines d'artisans musulmans.

« Pourquoi ça, des artisans ? » questionne Mario.

« Tu verras la laine des gens du Poitou prendre des formes et des couleurs que les Français ignorent, leur cuir sera allégé par mille décorations folles, courantes, zigzagantes. Leur fer se fera découper en broderies de mille millions de fines lamelles, le métal sera un tricot raffiné. Comme à Bagdad, comme à Damas comme partout où nous passons, nous raffinons le monde, nous le délestons des pesanteurs de l'ignorance artisane, nous combinons sans cesse l'air, le ciel et les matières terrestres. Le monde, ici aussi, sera féerie, l'air français sera de plumes, d'oiseaux et de fleurs partout. Enfin ! »

Le petit Kouri nous arrive avec un gros pot d'olives et des paquets de dattes et de figues qu'il a volés à l'entrepôt de son père l'importateur syrien. On mange, Ramona adore les dattes. Elle embrasse Sylvio pour ce bon apport à notre armoire à provisions. Notre armoire faite de caisses est bourrée à craquer. Biscuits de toutes sortes, des tas de boîtes de Corn Flakes, pour les dessus aux encyclopédies, on pourrait tenir un siège de plusieurs jours ! Kouri nous raconte qu'il a rencontré un jeune moine au crâne complètement rasé. Un moine itinérant qui a vu le Saint-Graal qui sait des recettes. Kouri raconte : « Il a peur. Il m'a dit qu'il prévoit des bûchers partout. Un âge de terreur. Que la jonction des Éryens avec les Celtes sera difficile à réaliser. Le moine m'a dit qu'il savait le secret pour se rendre invisible, changer de dimension, plier le fer par la pensée, se changer les molécules et réapparaître différent, devenir sarrazin, maure, berbère ou hun. »

Nous jonglons un moment. Silence. Devenir comme l'homme invisible. Pouvoir voler peut-être comme Superman ou Spiderman ? Kouri poursuit. « Mon ermite ambulant dit que la pensée peut se concentrer en un mince faisceau, permettant de se changer en pierre au bord du chemin, ou en tigre, ou en arbrisseau. »

Je crois que Kouri a mis la main sur une encyclopédie scientifique. Il faudra que je fouille de ce côté. Mes parents n'aiment guère le petit Kouri. Ils le craignent quand il vient rôder par chez nous. Ma mère recommande à mes sœurs de ne pas lui parler. A-t-elle peur qu'il les change en biscuits de gingembre comme pour Hanzel et Gretel et qu'il les mange tout rond ?

« Et ce n'est pas tout ! » On entoure de nouveau Sylvio. « Le moine m'a dit que si nous escaladons le haut de ces montagnes, on pourra voir, qui montent au ciel, des oiseaux de métal géants avec des gens assis dedans. »

Je n'aime pas ces manières de mélanger les gens. Je l'interromps pour le ramener aux réalités d'ici. « Est-ce qu'il t'a dit si Poitiers et Moussais sont loin encore ? »

« On n'en a pas parlé, Clovis. » Il baisse la tête. Il sait bien ce que je lui ai confié. Que j'attends toujours le tome 7 avant de livrer le combat final, l'assaut suprême.

Nous trottons sur nos chevaux rafraîchis dans le bois d'érables. La cloche de La Trappe sonne les vêpres. Nous faisons demi-tour, il y a les Sauvages de ce côté. Et nous ne vivons pas une aventure d'Indiens et de cow-boys, mais d'Arabes et de Français. Je décide de visiter l'arrière-garde. S'y trouvent quelques augures grecs y traînant des bohémiennes du genre de la mère de Ramona. Des pythonisses osent me parler de sombres pronostics. Je ne les écoute pas. Les mises en garde de ces incroyantes ne sont que jeux de l'esprit. Rien ne peut vaincre notre foi. Le Coran le prescrit.

Ramona dit qu'elle doit rentrer. Le soleil a disparu. Elle est lasse et vient me confier que toutes ces guerres ne lui conviennent guère. Qu'elle préférerait aller danser avec moi à la Rotonde du Coin Tranquille.

« Clovis, je me demande si tu t'en aperçois, j'ai quatorze ans et demi maintenant et je suis une fille ! »

Je lui explique que j'aurai, moi, seize ans et que, justement, je ne suis pas encore un petit vieux pour passer mes soirées à danser comme un zazou oisif et insignifiant et qui ne sait même pas ce que c'est que l'Islam et ce que veut dire le mot « encyclopédie ». Elle rentre, seule, tête basse, avec des dattes dans les deux mains. Je grimpe au plus haut de la cabane et je la regarde s'en aller. Elle pique un bouquet de lilas au-dessus de la haie des Poupart. Le vieux chien maigre des Lefèvre la suit. Elle ne se retourne même pas. Elle entre au restaurant-épicerie des Fortin. Je la connais, elle va encore s'acheter un gros cornet avec deux boules de crème glacée au chocolat. La gourmande.

« Tu comprends pas qu'elle t'aime cette fille-là, Clovis ! » Je me retourne et c'est Kouri qui m'a rejoint dans le haut de la tour. « Écoute-moi bien, Kouri, on a un ouvrage à finir ici. C'est pas le temps encore des histoires avec les filles. Tu devrais bien le savoir. Quand Poitiers sera conquis, on verra. Pas avant. »

Kouri redescend par l'échelle branlante et puis s'en va. Il m'a laissé un rouleau de parchemin d'écorce de bouleau. Je l'ouvre. C'est bien le genre de Ramona ça. Il y est gravé : R. AiME C. POUR TOUJOURS !

Je me dresse et je gueule dans la brise du soir à l'adresse de Sylvio : « Nos chevaux ne sont pas là pour se faire rôtir au soleil en vain ! Nos morts au combat appellent vengeance ! » Il continue, hausse les épaules, secoue sa tignasse de goudron et contourne la maison du plombier. Tant pis, s'il ne comprend pas, il n'a pas à jouer les cupidons zélés !

4. Hier soir Mario a eu une de ses fameuses migraines. Il en est presque encore tombé en convulsions. Ma mère l'a réchauffé dans un bain d'eau chaude et de moutarde. Et il est allé se coucher dans son grand lit, en bas. Je suis resté un temps debout à regarder par ma lucarne. Des nuages rapides s'amusaient à me cacher la lune à intervalles réguliers. Et puis, j'ai sursauté, maman était là à mes côtés avec sa grande tasse de tisane au tilleul :

« Faut que je te parle, mon grand ! » Elle s'est assise au pied de mon lit.

« Faut que je te fasse réfléchir. Ton frère m'arrive toujours de ces expéditions tout énervé. Ce n'est pas bon pour lui. Je ne sais pas ce qui se passe dans la carrière à sable mais il faut que je t'avertisse, toutes ces histoires de guerre lui tombent sur les nerfs. »

Elle avale un peu de sa tisane.

« M'man, Mario aime ça. Tu devrais le savoir. L'été où vous m'avez envoyé dans ce camp organisé des frères de Saint-Paul, tu me l'avais dit, il s'était ennuyé sans bon sens et c'est l'été où il a eu le plus de ces crises de méningite, où il a été le plus malade. C'est pas vrai, ça ? »

Ma mère baisse la tête.

« Il y a pas que ça, Clovis. La mère de Ramona est venue me voir hier soir. Elle aime pas voir traîner sa fille comme ça, au milieu d'une bande de garçons. »

« Qu'elle vienne plus ! Je m'en fous ! »

Maman me regarde de travers.

« Il paraît que vous avez des cabanes, des abris, des cachettes ? »

« Pis après ? »

« De qui vous cachez-vous, hein ? Pourquoi s'enfermer dans une cabane dans les arbres, hein ? »

J'éclate : « M'man ! Tu veux insinuer quoi par là ? Qu'on fait peut-être des choses pas correctes ? Avec vous autres les adultes c'est toujours cette idée de "mal" qui vous trotte dans la tête. À vous entendre, on ne pense qu'à ça, nous les jeunes. Ben vous en avez menti ! On sait se conduire. Et ce qu'on fait, tout le monde pourrait le voir. On a pas honte de nos actes. »

Ma mère ne dit plus rien, elle se lève et va à la lucarne. Une chauve-souris passe et repasse. Elle a peur et ferme les deux volants. Elle me regarde attentivement. « Je vais être obligée de demander à ton père qu'il te parle. »

« Pour qu'il me dise quoi, hein ? Hein ? »

« Pour qu'il te dise que j'ai besoin de toi, ici, à la maison. Que c'est pas raisonnable de me laisser comme ça, une femme seule, pendant que tu disparais des journées entières pour aller t'amuser avec des petits plus jeunes que toi. »

Elle a élevé la voix considérablement. Elle va réveiller tout le monde.

« Écoute, m'man, pour ton information tu sauras que Sylvio Kouri est presque de mon âge ! »

« Ah, lui ! »

« Oui, oui. Je sais que tu l'aimes pas trop parce qu'il n'est pas de notre race, vous imaginez toutes sortes de niaiseries. Mais il y a aussi Saint-André qui vient au pit de sable et les deux Saint-Onge aussi. Souvent. Très souvent même depuis quelque temps. »

Voici maintenant Lucia qui s'amène et qui s'en mêle : « Maman a raison, Clovis. Tu vas le rendre encore plus fou, le petit, avec toutes tes histoires que tu lui inventes. »

« Toi, la deuxième mère, viens pas te mêler de mes affaires ! » Lucia vient tout près de moi et me parle plus doucement.

« Comprends donc, Clovis, que je te parle pour son bien. Tu le sais qu'il a pas toute sa tête à lui notre Mario. Est-ce que tu crois que tu vas l'améliorer en le faisant participer à toutes tes inventions ? ! » Elle regarde maman qui tète sa tisane bouillante.

« C'est rien de bon pour lui. » Maman se lève et va près de sortir : « Si tu veux rien entendre, ton père, lui, lundi, te fera comprendre le bon sens. » Elle sort. Lucia me dévisage. « Quand est-ce que tu vas vieillir un peu. Tu peux pas passer toute ta vie à jouer comme ça, tu vas passer pour un grand tarla, un fifi, un bébé qui a peur de vieillir. Regarde-toi donc, t'es presque aussi grand que moi maintenant. »

Marise, de sa chambre, pousse un soupir bruyant pour indiquer que cette discussion l'empêche de dormir. Je pousse Lucia dans le couloir et je lui jette, en retenant ma voix : « Jalouse. Vous êtes toutes jalouses, parce que vous vous ennuyez toutes tant que vous êtes. Vous aimeriez ça venir fouiner dans notre sablière. Mais vous osez pas. Vous préférez niaiser sur la plage, ramer dans la chaloupe ou pédaler sur le pédalo, flirter avec les voisins et toi, Lucia, te morfondre à attendre les visites de ton cher grand cave de Jack. »

Elle vient me donner quelques taloches en retenant la porte de la chambre que je tente de refermer en poussant dessus. « Va donc te coucher la mère numéro deux. »

Je vais rouvrir la fenêtre. Le vent bruit. Gabriel me souffle : « Bravo ! Bien parlé, chevalier Clovis sans peur et sans reproche ! »

5. Lundi maudit. Mon père. Nous sommes allés l'accueillir à la petite gare près de la sablière. On le regarde faire son devoir de père. On joue les enfants heureux de le revoir. Nous cachons nos armes, glaives, épées, lances, hallebardes, boucliers. C'est lundi, jour sans fanions, oriflammes, étendards, flambeaux, jour d'ennui. Il va s'asseoir dans sa grosse chaise de bois peint orangé et allume sa pipe. Il parle de son commerce. De la santé de son vieux père qui faiblit « à vue d'œil » dit-il. Il donne encore des nouvelles. Des voisins. Des clients qui paient pas leurs dettes. Des nouveautés de son magasin, de ses inventions pour des sorbets compliqués dont raffolent les gens qui reviennent des deux cinémas voisins. On sourit. On rit quand il le faut. On s'attriste aux bons endroits. Il prétend que nos amis de la ville crèvent d'ennui. Il nous répète que nous avons bien de la chance de passer l'été à la campagne. Au bord d'un grand lac.

« Pas loin de cette satanée sablière ! » renchérit maman en me jetant un méchant regard.

« Clovis ! dit papa, j'ai pas loué un chalet au bord de l'eau pour que vous en profitiez pas toi et ton frère ! »

« Mais, papa il y a deux petits lacs là-bas et l'eau y est encore bien plus belle ! »

« L'air y est moins grand qu'ici au bord du lac ! »

« On a l'air de la montagne toute proche, p'pa ! »

Il se tait. Mario me regarde attentivement.

« Écoute, Clovis, ta mère m'a parlé. »

« Ah ! » Je regarde Mario d'un air entendu.

« Cette sablière est dangereuse. L'eau y est profonde à certains endroits. On m'a parlé de trente ou quarante pieds de creux, non ? »

« On... on fait, on fait att...attention. » Mario s'énerve.

« Et il y a de la machinerie par là, non ? Des grues, des pelles mécaniques, des tracteurs et il y a des trains de marchandises qui viennent chercher le sable, non ? »

Je regarde maman avec rage.

« Pas de danger, papa. C'est presque pas exploité. Pour moi, ça marche pas fort la vente de sable. Il y a des semaines, hein, Mario, où il n'y a pas un chat là-bas. Personne. »

Mon père se lève, me regarde, rallume sa pipe et me dit : « Viens, on va aller ramer un peu sur l'eau ensemble, ça va me faire du bien. »

« Moi aussi, j'y vais ! » dit Mario.

« Non, Mario, pas maintenant. J'ai à parler de ses études à Clovis, c'est entre lui et moi. Plus tard, Mario. »

Mon père rame vigoureusement. « Qu'est-ce qu'il y a, Clovis, qui marche pas ? On dirait que tu veux pas vieillir. »

« Il y a rien, p'pa. Qu'est-ce que tu veux que je fasse ici au bord de la grève ? J'ai pas de voilier, moi, comme les Saint-Germain. On a pas même un petit moteur comme les Cousineau. Où veux-tu que j'aille me distraire ? »

Mon père bourre sa pipe et je vais ramer à sa place.

« L'année prochaine, tu vas rester en ville. »

« Merci beaucoup ! »

« Quoi ? Clovis, tu auras seize ans et demi Tu dois nous aider. Tu pourras payer une petite pension. »

« Toujours l'argent avec vous autres les parents. »

Mon père tente d'allumer sa pipe et y arrive mal.

« Faut que tu deviennes raisonnable, Clovis. T'as pas envie de jouer toute ta vie. As-tu hâte de reprendre tes études à l'externat de Saint-Sulpice ? »

« Non ! »

Mon père fait un gros nuage de fumée et une libellule géante se pose sur le devant de la chaloupe, bel hélicoptère brillant !

« Comment va mon oncle Ferdinand, il t'a écrit ? »

Mon père crache dans l'eau !

« Me parle pas de lui, Clovis. Mon frère n'est pas un modèle d'homme, tu sais. »

« Papa, pourquoi que vous l'aimez pas, les grands, l'oncle Ferdinand ? »

« Parce qu'il n'a rien devant lui. Ni feu, ni foyer. Parce qu'il se sauve toujours on dirait. De qui ? De quoi ? On le sait pas trop. C'est une tête de pioche, Clovis, ton oncle, toujours à bourlinguer d'un bord à l'autre du monde. Il finira ses jours comme un vagabond, rien dans les poches, rien dans la tête. Ce sera un clochard désespéré un jour mon petit frère, tu verras, Clovis. Il a toujours voulu n'en faire qu'à sa tête. » Je ne dis plus rien.

« Oui, oui, je le sais que tu l'admires, pauvre innocent. Il vous a monté la tête avec toutes ces histoires d'aventures en Orient et en Afrique. Des histoires incroyables qu'on peut pas vérifier. A beau mentir qui vient de loin. »

Je le laisse parler. Mon père serait-il jaloux ? Pourquoi oser dire du mal d'une personne, son propre frère qui, lui, ne dit jamais un seul mot contre qui que ce soit ?

« Tu ne m'écoutes plus, Clovis ? »

« Quoi ? Quoi donc ? »

« Je te disais de faire attention pour ne pas lui ressembler. Il a une mauvaise influence sur toi. »

« P'pa, on l'a vu trois fois il y a deux ans et une seule fois à Noël, l'an dernier !

« C'est déjà trop. Je le connais bien mon ensorceleur de frère ! »

Le vent se lève et je rame vers le rivage. Mes sœurs sont assises autour de ma mère et je sens qu'elles guettent jusqu'à nos moindres gestes.

« Clovis, pour Mario, je voulais te dire avant qu'on aborde, laisse-le tranquille. Laisse-le jouer seul avec des amis de son âge. Avec les petits Carbonneau. »

« Pourquoi donc ? »

« Parce que t'es pas de son âge ! C'est tout ! »

« Mais un jour, p'pa, tu m'avais dit, j'avais quoi dix ans et lui, Mario, cinq ans à peu près. Tu m'avais dit que j'avais une responsabilité, que je devais veiller sur mon petit frère. Qu'il faisait rire de lui ! Tu t'en souviens ? Tu disais qu'on abusait de sa naïveté, qu'on se moquait de lui, qu'on l'exploitait, tu t'en souviens pas ? »

Mon père ne dit plus rien. La chaloupe accoste. Mes sœurs se jettent sur lui et font des minauderies. Sauf Lucia qui me regarde et puis s'approche :

« Hein, hein, tu t'es fait parler. »

« Même pas ! »

Papa défait ses colis. Des sucreries. On se jette sur lui et on se tiraille.

« Ce soir, on fera un gros feu de camp sur la plage et on va chanter tous en chœur », clame maman en tapant dans ses mains.

Et c'est moi qu'on dit être resté bébé ! Fiou !

6. « Mes amis, mes amis. Nous allons être obligés de construire une salle de tortures. »

« Oui, oui, c'est nécessaire ! » fait Mario.

« Oui car il y a des incroyants qui tentent d'espionner. Je parle du petit Godon et de Richard-le-Picoté. »

On applaudit.

Avec ruse, on installe des appareils mystérieux en nous servant des rebuts du plombier Willy. Il en a plein sa cour. Il y a des réservoirs rouillés, de vieilles lessiveuses, des machines inconnues, des moteurs inutilisables et tous ces tuyaux de plomb, de cuivre, ces anneaux et ces boyaux de caoutchouc et de plastique.

Peu a peu, on a déménagé une bonne partie de son stock qui traîne depuis des années.

« Oui, mes chers camarades, certains bandits tentent de brouiller nos pistes, de mélanger nos valeureux guides, de casser notre campement. Il va falloir torturer les coupables, hélas ! »

Kouri cligne des yeux, lui, le doux, le pacifique.

« Ceux qui n'aiment pas l'idée n'auront qu'à aller jouer les sentinelles. »

Kouri lève la main.

« On a pillé une de nos caravanes de vivres, on a démonté un de nos kiosques de relais, c'est grave, très grave et il va falloir des châtiments exemplaires. »

Il y a un silence.

« Parfois, il faut savoir se montrer durs et cruels même ! »

Car il y a une dure bataille à préparer minutieusement. Si ce tome numéro 7 peut s'amener. On ne peut s'attarder à des enfantillages. Hier encore, par exemple, ces deux gamines qui jouaient de la flûte dans notre bois de pins. Des ennemis les avaient peut-être envoyées vers nous dans le but de nous distraire, sait-on jamais !

Il a fallu beaucoup de ficelle et de fil de fer et de broche à foin pour ficeler ensemble ce gigantesque appareil. Les tuyaux de poêle conduisent une fumée mortelle jusqu'à cette chaise électrique. Ici on peut ébouillanter, là on peut noyer vif un espion, et là on peut étouffer de fumée le traître que nous attraperons.

C'est une énorme machine. Sa vue seulement trouble le Syrien. Nous y avons consacré presque trois jours ! Malgré l'heure tardive, il faut reprendre notre marche invisible.

« En selle, fiers soldats de Mohammed V ! »

Dernier regard vers notre machine de dissuasion avec ses tuyaux dressés. Ma foi, les Turcs eux-mêmes, à la vue de cet engin de métal, n'oseraient pas entrer dans Jérusalem !

Le reste de cette troisième journée se passe en petits combats de tiraillage. Parfois nous faisons mine de battre un peu en retraite, mais c'est une feinte chaque fois. Ramona nous a apporté de magnifiques rideaux bleu et or. Cela a permis la confection d'une vingtaine d'oriflammes impressionnantes qui flottent au vent tout autour de notre machine à tortures !

Mon cheval renifle soudain une vague odeur. Ça lui arrive parfois. Je me retourne. Il sent avant moi souvent la venue de mon cher Gabriel. Mais non, c'est Maryse et Myrielle. Elles nous font des signes frénétiques, les mains en porte-voix, j'entends :

« L'oncle Ferdinand s'en vient ! L'oncle Ferdinand s'en vient. » Je reste figé. Mario aussi.

« Repos ! » Tous sautent à terre !

« À demain, les amis ! À demain !

Mario me donne la main et nous courons vers nos deux sœurs.

7. L'oncle Ferdinand n'était pas au chalet. Nous n'avions reçu qu'une carte postale où il annonçait son arrivée prochaine vu la santé dépérissante de son père, notre grand-père. Pour être certaine que Mario et moi entrerions rapidement à la maison, maman avait dit à Myrielle de faire cette fausse annonce de l'oncle qui arrive.

Ce fut une déception. Après avoir mangé des nouilles, des épinards en abondance — Mario voulait tant devenir aussi fort que Popeye — et du steak haché, sur la véranda, Mario me demanda de relire, mais lentement, la fameuse carte postale. Coïncidence, l'illustration de cette carte faisait voir un portrait dessiné de Laurence d'Arabie en burnous et en sandales.

« Lis ça doucement, doucement, Clovis, s'il te plaît. »

Je relis la carte postale de l'oncle bien-aimé :

« Bien chers amis, Gervaise et Esdras, Lucia, Myrielle, Maryse, Nicolette et Reine, et vous, mes deux intrépides coureurs des bois, Clovis et Mario. »

Mario se pourlèche les babines rien que d'entendre ce préambule.

« L'Afrique est un monde. Un autre monde. J'ai hâte de rentrer au pays pour vous raconter toutes les aventures vécues ici. J'espère que votre santé est bonne. La mienne l'est beaucoup moins. C'est que j'aurai quarante-huit ans cet automne. Dites à Clovis qu'il faudra bientôt qu'il me remplace dans ces vastes contrées étrangères. Son tour vient vite. »

Le soir est fait de brume, une sorte de brouillard épais vogue très lentement sur le lac. Maman fait rôtir un plein sac de guimauve en cubes. Elle nous a fait chanter en chœur puis, vers neuf heures, a donné le signal de rentrée. Autour de la grande table de la salle à manger, à genoux, nous avons prié en famille pour que grand-papa recouvre la santé. Et quand ma mère a donné le signal de monter à nos chambres, c'est Mario qui a protesté en nous étonnant tous. Il a dit :

« Il faut prier aussi pour que l'oncle Ferdinand puisse traverser ses nombreuses épreuves là-bas dans le fond de l'Afrique, qu'il puisse nous revenir sain et sauf si on veut qu'il nous raconte ses aventures par le détail. »

Sans bégayer une seule fois, d'une traite, il a entonné lui-même une prière de son cru pour l'oncle bien-aimé : « Mon Dieu, on est prêts à vous donner quelques années de nos vies afin que notre oncle, en Afrique, ne tombe dans les pièges des malins qui doivent l'entourer. Faites, mon Dieu, qu'aucune créature démoniaque ne puisse le renverser sur sa route difficile. Merci, mon Dieu, si vous lui permettez de revoir sa patrie et nous tous de sa famille. »

Après un silence d'un certain malaise, fait de surprise et de cet étonnement que suscitent toujours les désirs soudains de Mario, nous sommes montés à l'étage en silence.

Une pluie lourde s'est mise à tomber sur le toit de tôle du chalet. C'est pour moi une chanson lancinante. Elle m'endort rapidement en une sorte d'engourdissement qui me monte des oreilles et me remplit rapidement le cerveau. Puis, plus tard, Mario est venu me secouer. Il était à genoux. Je lui ai dit tout bas : « Qu'est-ce que tu fais, Mario ? Tu pries encore pour la santé de pépère ? »

Il m'a regardé un long moment et il a pris encore son air grave, celui qu'il a pris au moment de sa prière improvisée quelques heures plus tôt.

« J'ai fait un drôle de rêve, Clovis. » Et il s'est glissé dans ma couchette, les yeux grands ouverts : « Un drôle de rêve. J'étais sur l'eau. Dans une vieille barque à cabine. Comme une goélette du Bas du Fleuve. Il y avait des animaux sur ce bateau. Et que nous deux. Tu avais une grosse barbe presque toute blanche. Tout autour de cette barque, il y avait des toits de tôle, des toitures de maisons semblables à la nôtre. Et je voyais la tête des arbres, de grands arbres noyés. Toi, tu disais rien, tu scrutais tous les horizons avec une longue lunette, tu me faisais penser au père Noé ! Et puis, on a vu le haut d'une montagne. Juste la crête et puis il y a eu un trou, une sorte de caverne, de grotte. Du genre de nos images de l'album de spéléologie, tu vois ? Et la barque est passée, comme en dérivant, par cette grotte. Mais c'était interdit. Des écriteaux indiquaient DANGER, MINE, EXPLOSIFS. Mais toi, tu ne pouvais rien faire. Nous n'avions rien, ni rame, ni gouvernail, ni voile. Et moi, je me suis mis à pleurer et il a fait de plus en plus noir à mesure que la barque entrait profondément dans la grotte de cette montagne. Et je me suis réveillé. » Il soupire, il frissonne et me regarde : « Un mauvais rêve. Ce n'est rien qu'un cauchemar idiot. »

Mario s'est vite rendormi. Pour ne pas le réveiller, c'est moi qui suis allé me coucher dans son lit. Il est si petit que je dois plier les genoux, mais malgré ma position de fœtus, ma tête touche les barreaux métalliques de son petit lit et mes pieds se collent aux barreaux de l'autre extrémité.

Je n'ai qu'à écouter attentivement la pluie sur la tôle et ça ne sera pas long que le sommeil m'envahira complètement.

8. Ce matin-là, on y est allés un peu fort. C'est que nous savions les victoires de nos frères partout en Aquitaine. Alors j'ai cru bon, dès l'aube, tenter une grande, une fulgurante percée. J'ai rassemblé tous les joueurs de trompette, les géants noirs, musclés, joueurs de tambour. J'ai mis à ma gauche tous les épéistes, les lanciers, les archers, les frondeurs si agiles pour la guérilla, les lourds fantassins en arrière avec nos machines roulantes à bélier, à javeline, c'était à perte de vue ces phalanges. Les vieilles armées de la Grèce n'ont pas vu mieux. À ma droite, les cavaliers berbères. J'ai donné un ordre de marche. Les cris de mes hommes, comme d'habitude, faisaient trembler et se cacher les pauvres bergers des alentours. C'était un spectacle effrayant à voir. Et à entendre aussi.

Mais, soudain, j'ai vu Mario, galopant vers moi. Il avait un regard inhabituel et il était blanc comme un drap : « Il y a un mort. Viens voir, il y a un mort là-bas. » J'ai recommandé à mes troupes de faire une halte et je l'ai accompagné jusqu'à une butte tout à fait à l'ouest de la sablière. Et c'était vrai. Il y avait un mort. Un noyé. Il avait du sable sur la face.

Je ne savais plus quoi faire.

C'est Mario qui m'a tiré de ma rêverie :

« Il faut le traîner jusqu'à notre cachette. Les autres arrêteront de se moquer de toi, Clovis. Nous avons un mort à leur faire voir. »

Je me suis secoué. Il fallait rester calme. Nous avons tiré le noyé sous nos pins géants, au pied de notre cabane. Mario souriait, puis il s'est aperçu que je frissonnais, que je tremblais un peu. « Qu'est-ce qu'on en fait ? Si on l'enterrait dans le sable ? Pas trop profondément. De temps à autre, on pourrait lui déterrer juste la tête, hein ? Pour le montrer aux autres, à ceux qui ricanent. Au grand Godon, par exemple, hein ? » Mais quelqu'un criait au loin et marchait vers nous à grandes enjambées. C'était le conducteur de la grosse pelle à vapeur. Son vieux chien tout pelé le suivait. Je n'ai pas bougé. Je l'ai attendu, debout, les jambes écartées. Quand il a été rendu près de nous, il a regardé le noyé et il a dit :

« Allez-vous-en ! Allez donc jouer sur les grèves, comme tous les petits gars de votre âge, c'est pas un endroit pour jouer aux cow-boys ici. Rentrez vite chez vous. J'ai téléphoné et la police sera ici bientôt. »

Mario a éclaté alors :

« C'est à nous ! C'est notre prisonnier, monsieur. Il est à nous. C'est moi qui l'ai trouvé. Et on sait ce qu'il nous reste à faire. On a pas besoin de personne. » Mario s'est collé sur moi comme pour que j'enchaîne : « Écoute, Mario, on va rentrer pour manger. Il va être midi bientôt. On reviendra, on verra ce qu'on fera. »

J'ai pris la main de Mario et on s'est dirigés vers le sud, vers la maison du plombier. Il ne fallait pas que j'oublie d'acheter un pain tranché et une bouteille d'eau de javel en passant devant l'épicerie du coin.

Avant d'entrer sur notre terrain familial, je crois bon d'avertir mon petit frère : « Ne parle pas du mort à nos sœurs, ni à maman. Elle pourrait en faire un drame et nous empêcher de retourner à la sablière. Tu la connais, Mario ? »

IV

1. Ramona est déjà rendue. Elle ose même grimper à la tour. Je n'aime pas ça. Elle nous fait des signaux de sémaphore. « Allô ! Allô ! les chevaliers sans peur ni reproche. » Et elle agite des drapeaux au-dessus des pins plus jeunes. Mario me regarde : « Elle est belle comme ça, pas vrai ? »

Mario ne songe plus au noyé de ce matin. Il est souvent ainsi. Il oublie tout. Il oublie certaines choses et pourtant il se souviendra soudain d'un détail de bataille expliqué dix jours plut tôt ! Nous grimpons. Ramona est très excitée :

« Il y a eu un noyé dans un des lacs de la sablière. Il paraît que c'est un bandit. Qu'il était recherché par toute la police du pays. » Mario sourit et me fait un clin d'œil.

Ramona nous offre des biscuits à la mélasse, le régal de Mario. Elle le sait. Et elle sait que de cette manière je ne la chasserai pas. « J'ai apporté aussi deux bouteilles pleines de jus de cerise. »

Mario, la bouche pleine, se souvient soudain :

« C'est notre mort, le noyé de ce matin ! C'est moi qui l'a tué. » Ramona me regarde. « Oui, oui, poursuit Mario, il est tombé de son cheval la face contre le sable. » Ramona le félicite et lui dit qu'il sera nommé bientôt capitaine. Alors, il me faut m'interposer. Je lui explique que Mario est déjà « primicier » et qu'il faudrait que je meure ou que j'aille combattre dans un autre pays pour qu'il puisse, comme je le suis, devenir « tétrarque ». Puis je l'amène lui faire visiter, près de la cour du plombier, au milieu des cerisiers sauvages, camouflée, la baliste mobile sur sa tortue géante. Je lui montre aussi nos nouvelles sarisses, notre tour à ponts ambulante, avec son lot de piques, et ses outres gonflables pour traverser rivières et lacs. Mario lui parle de notre réserve secrète de chameaux et d'éléphants bardés, importés de Perse, de nos chevaux désormais cuirassés. Elle en a la bouche ouverte. Enfin, je déterre du sable un coffre stratégique contenant des feux grégeois, des grenades en terre cuite remplies de naphte. Un lot de quenouilles prêtes à être trempées dans le pétrole pour faire des flambeaux. Et elle a un peu peur. Mais je la rassure, lui expliquant qu'un djihâd est une guerre sainte et que son moteur est la foi, la propagation de l'Islam. Je lui répète qu'« Allahou Akbar », oui que « Dieu est grand » et que c'est notre cri de ralliement. Je lui enseigne que nos batailles faites d'attaques rapides et de retraites non moins rapides devront évoluer vers des batailles plus réfléchies avec l'aide de toute cette artillerie que les califes, eux-mêmes, ignorent encore nos inventions mais qu'ils verront bien qu'ils doivent compter sur nous pour l'invasion de la France rebelle. Elle mange ses biscuits à la mélasse, m'écoute peu, se rince les pieds dans l'eau claire du petit lac en forme de poire. Elle ne sait rien de ces émirs lointains qui nous élèvent des chevaux arabes de première qualité. Elle ignore que des Berbères nous secondent venus de tout le nord de l'Afrique, que des Wisigoths nous sont acquis à jamais, qu'il nous arrive des mercenaires de Syrie, de Palestine, même des Slaves, des gens du Caucase, des Turcs aussi, car nos sultans soulagent de leurs impôts écrasants tous ces territoires conquis.

Mario lui fait voir son nouveau poignard, avec sa lame damasquinée d'or, son manche en ivoire sculpté, son fourreau d'argent serti de rubis et de lapis-lazuli. Et je lui montre mon arc superbe en os de baleine, laqué de rouge avec les jolies plumes de perdrix comme empennage pour mes flèches. Je lui dis que nous recevrons bientôt des boucliers en peau de rhinocéros translucide. Rien que ça !

Mais elle ne fait que manger ses chers biscuits à la mélasse. Je lui dessine alors, pour mieux capter son attention, nos futures cottes de mailles de pièces forgées, tréfilées, nos gaines de support en cuir, nos jambières, nos gants, nos brassards et nos plastrons incrustés. Elle voit bien que nos armuriers sont d'habiles artisans recrutés jusqu'aux Indes ! Je lui offre une de nos paires de sandales légères, si pratiques pour les combats furtifs ! Et je lui pose un de nos casques à cimier, conique, décoré de plumes d'oiseaux exotiques.

Mais elle mange de plus belle ses chers biscuits à la mélasse !

Je lui ouvre des cartes, c'est pourtant un honneur, un privilège. Je lui fais voir les plans des prochaines razzias. Je lui illustre la tactique des bruits, des cris, des cymbales tonitruantes et des tambours africains, des odeurs répandues, tout cela qui surprend et affole tant nos sauvages Français du nord !

J'ose lui parler d'Abdel-Rahman, notre nouveau wali d'Espagne.

On va foncer sur Tours. On a pris, là-bas, Carcassonne et la ville de Narbonne, Toulouse et Bordeaux sont assiégés, je lui crie que c'est Poitiers la cible prochaine et qu'après Poitiers ce sera Paris et la fin de cette guerre avec l'Islam installé partout !

Alors, elle me regarde et innocente me dit :

« Clovis, on devrait aller se baigner, plonger du radeau des Cousineau, non ? Hen ? Oui ? »

Alors je dois la chasser. Je vois trop bien que ce n'est pas la place d'une femme par ici. Mario proteste. Je dois lui parler raide. Ramona s'en va en boudant et fait beaucoup de poussière en donnant des grands coups de pied dans le chemin de sable battu qui mène vers la plage. Une fois qu'elle a disparu derrière le petit bois de cèdre, je donne une grande claque dans le dos de Mario :

« En selle, primicier, il y a le combat qui nous attend. Allah Akbar ! »

2. Il faut aller chercher papa à la gare. C'est lundi ! Il marche dans la montée de la Baie, heureux d'être à la campagne, heureux du vent qu'il fait ! Nous marchons à ses côtés Il nous dit que grand-papa va de mal en pis et qu'il craint de le voir mourir avant que notre oncle, son frère, n'ait eu le temps de rentrer de ses folles pérégrinations africaines.

Soudain, il regarde vers la sablière et dit : « Mais regardez donc là-bas, on voit des drapeaux qui flottent au vent. » On a peur, on craint le pire, qu'il veuille s'approcher de nos installations guerrières.

« C'est rien ça, p'pa, ce doit être les pavillons des hommes de la carrière de sable. »

Mario tente de lui changer les idées :

« Tu sais que la pompe à eau est encore cassée, papa ! Ça fait enrager maman. Ça fait deux fois que tu la répares mal. »

Mon père s'est arrêté :

« Ce serait pas les fanions de votre fameuse cabane dans les arbres, ça ? » Il sourit et fait quelques pas vers le fossé du chemin.

« Écoute, papa, il faut nous dépêcher. Maman a fait cuire toute une poule, bien bouillie comme tu l'aimes, tu sais. »

« Oui, j'ai faim ça, oui, j'ai faim ! »

Il se remet en marche. On est sauvés. Lui qui est si peureux, qui a peur de tout, s'il avait visité notre mirador juché sous les crêtes des pins et s'il avait vu nos arcs, nos lances, nos épées et nos poignards, il aurait fait des histoires et proféré des malédictions, des interdictions. On est sauvés, il a toujours faim. Maman soutient qu'il doit être la proie d'un ver solitaire géant. Histoire qu'elle répète et qui nous fait frissonner depuis qu'on est petits.

« Regardez, les petits gars, on dirait la-bas, l'autre côté de l'étang de la carrière, comme un décor de théâtre, vous voyez ça, là-bas ? »

Mario, ça lui arrive, se met soudain a inventer une histoire :

« J'en ai entendu parler. Il paraît qu'il va y avoir une tombola, une sorte de cirque, qu'on va y montrer des marionnettes. C'est pour venir en aide aux œuvres du curé, papa ! »

Et Mario me regarde, fier de lui. Qu'il est brillant quand il le veut mon frère ! « Oui, oui. J'en ai entendu parler ! »

« Ah ! dit papa, encore une foire de saltimbanques pour soutirer de l'argent aux pauvres diables de monde. » Et il marche plus vite.

Nous arrêtons chez le plombier roux. Papa lui achète un bouchon et des valves de caoutchouc. Monsieur Willy se fait payer et ose dire :

« Vous savez que vos deux garçons passent leurs grandes journées à courir et à galoper dans les dunes d'à côté ? »

Papa nous regarde et dit au plombier : « Que voulez-vous, les jeunes aiment ça le sable. Ils devraient barricader comme il faut toute la sablière aussi, c'est imprudent. Vous avez eu un noyé cette semaine, que j'ai lu dans le journal en ville ? »

Mario s'écrie fièrement juste avant que je le pince :

« Oui et c'est moi qui l'a trouvé le mort. Il avait la face couverte de sable. Il était pas beau à voir, mais on a pas eu peur. On l'a même tiré jusqu'aux sapins ! »

« Je peux pas croire ! » Et papa me regarde sévèrement.

« Il est venu tout de suite un gardien de la carrière. Il a fait venir la police. »

Puis deuxième arrêt : chez le barbier. Il a fallu nous faire raser à n'en plus finir. Ils ont eu une longue conversation ennuyeuse, le barbier Johannou et papa, sur leur petite enfance commune dans le marigot de Laval-des-Rapides. Ça n'en finissait plus.

Troisième arrêt : chez l'épicier. Lait, beurre, crème, pain, petits gâteaux roulés aux fraises, tartelettes au miel, dont raffole papa, et enfin rentrée au chalet. Accueil chaleureux de mes sœurs. Des folles !

3. Je n'avais encore jamais vu ça un père qui pleure. « Voyons, mon vieux, il n'est plus jeune, qu'est-ce que tu veux ? On va tous y passer un jour ou l'autre. » Maman n'a jamais tellement aimé grand-papa. Elle l'a toujours dénoncé comme un homme froid, pingre, autoritaire.

Papa s'essuie les yeux. Mes sœurs, en concerto, en font autant. Lucia dit :

« Quand il sera mort, serons-nous plus riches, papa ? » Ma mère jette un regard de réprobation à ma grande sœur. Mais c'est Myrielle qui enchaîne : « Oui, notre cousine l'a dit, on va hériter de plusieurs maisons et d'un gros magot. On va pouvoir s'acheter des robes de luxe. Et moi j'aurai le droit d'avoir des skis pour l'hiver... » « Et moi des patins à deux lames », ajoute Nicolette.

Maman les fait taire : « On ne parle pas de ça, ça porte malchance. »

Mon père va réparer la pompe à eau. Je dois l'aider. Je lui tiens des outils.

« Tu sais, mon Clovis, tu n'es plus un petit garçon. Il va falloir que tu songes à ton avenir sérieusement... » Et ça recommence : les mises en garde, la perte de piété, la fin de l'insouciance, le travail, les études, la vocation religieuse...

J'ai hâte qu'il reparte pour la ville. Un immense chantier de guerre m'attend.

« Papa, tu n'as pas reçu le tome 7 de mon encyclopédie ? » « Non. Rien. »

Le soir venu, autour du feu sur la plage, mon père a parlé encore du barbier Johannou et de sa jeunesse au marigot. De son temps à lui quand la jeunesse finissait tôt pour aller aider le père. Et c'est encore la vieille rengaine : « Comme on est chanceux de pouvoir passer l'été à la campagne ! Comme on devrait être reconnaissants de vivre cette époque bénie, alors qu'il n'y a plus de guerre dans le monde, plus de crise économique, et le reste... » À l'entendre, on devrait tomber à genoux à chaque instant pour remercier le ciel de vivre un destin si doux. Le soir s'amène avec ses chants de criquets, l'appel insolite et ponctué si lourdement des grenouilles cachées dans la nuit. Papa lève les yeux au ciel et nous recommande de mieux voir les étoiles. Soudain je suis tiraillé. Je sens que la paix est aussi un état bienfaisant et je me dis que tout s'achève pour moi, avec cet été qui va finir bientôt. Trop vite. Qu'après je vieillirai moi aussi et qu'il y aura la paix seulement. Ce sera fini les estocades, les cavalcades effrénées, les furieux combats à cheval. Que je lirai des encyclopédies sur les fleurs, les plantes et sur les insectes de la terre. Comme l'infirme de la rue Molière, qui passe son temps à contempler des albums d'herboristes amateurs.

Je sais bien que le temps de l'enfance s'achève. Je sens trop bien que mes beaux jours sont comptés. Mais je ne me laisserai pas faire. Non. Je demanderai ma part d'héritage et je ferai mon baluchon pour voyager comme mon oncle Ferdinand. J'irai en expédition, je ne sais trop où encore. Chercher de l'or dans l'Ouest ? Chasser les tigres au Bengale ou bien les ours blancs au fin fond de l'Arctique ? Je ne me laisserai pas faire. Je me retiens de ne pas avertir tout de suite mon père que la vie sacerdotale ne me dit plus rien qui vaille. Il en ferait une syncope, ma mère ferait une crise ! Ça énerverait tout le monde !

Mon père tire la manche de ma chemise. « Tu sais, Clovis, je vois bien que le petit s'améliore. Je l'ai pas entendu bégayer de la journée. Tu dois lui faire du bien. Et puis, on dirait qu'il vieillit. Il raisonne assez bien. Ta mère me dit qu'il n'a plus de crise la nuit. Je voulais te remercier, Clovis. »

« De quoi donc, p'pa ? »

« De tout. De t'en occuper. De le faire vieillir tout doucement. » Je ne sais plus trop quoi dire.

« P'pa, tu sais, je ne fais rien de spécial. Je l'amène partout avec moi, c'est tout. »

« C'est beaucoup, ça !, »

« Tu sais, p'pa, je comprends pas pourquoi il arrive si mal à l'école. Des fois il me sort des trucs pleins de bon sens. J'arrive pas à comprendre pourquoi il réussit pas en classe ! »

« C'est peut-être héréditaire, Clovis. Tu sais que j'ai un oncle et un cousin là-bas, à l'asile, et une nièce aussi. »

Je déteste qu'il me parle de l'asile et de mes parents qui y sont enfermés. Ça me fait froid dans le dos. Je n'aime pas savoir qu'on enferme des gens pour rien. Parce qu'il y a des hommes qui veulent pas faire, agir et parler, raisonner comme le reste du monde.

« Mais l'été prochain, tu ne seras plus là à ses côtés, tu vas travailler, Clovis. »

« Oui, je le sais, je le sais. C'est pas grave. Je le prépare ! Il pourra se débrouiller. Il va prendre en main toutes les opérations l'an prochain, p'pa ! »

« Quoi ? Comment ? Quelles opérations ? »

Je me tais. Je me ferme. Ce serait trop long à expliquer. Ça fait trop longtemps qu'il n'a pas joué. Il pourrait pas saisir tout le travail de préparation que je fais pour transmettre à Mario l'ordre des choses de la guerre...

4. « Mon fils Ferdinand est un ingrat. Un salaud. Un renégat ! » Grand-papa est là, assis dans une grande chaise d'osier au bord de la grève. Il tousse, il crachote, il bave en parlant. Maman a accepté de le garder quelques jours au chalet. Mon père espère que le grand air du large lui fera du bien, retardera l'échéance.

Ma mère lui verse une autre tasse de tisane bouillante.

« Vous savez, toutes les familles ont un mouton noir. »

« On a tous une croix à porter. » Et maman caresse alors la tête de Mario comme pour faire comprendre que cet enfant arriéré est sa croix à elle.

« Pourquoi bourlinguer en Afrique à la quête de je ne sais quel commerce impossible ? »

« L'Afrique ou l'Asie, peu importe, ce qui intéresse mon beau-frère, c'est l'aventure, c'est d'être loin de tout et de tous. »

Je regarde le large. Je déteste entendre dire du mal de l'oncle Ferdinand. Un homme devrait avoir le droit de refuser une vie de sédentaire. Où en serait le monde s'il n'y avait pas eu tous ces voyageurs ? Pourquoi notre manuel d'histoire vante-t-il tant nos découvreurs et nos intrépides explorateurs ? Pourquoi pépère dénigre-t-il tant son fils voyageur et explorateur ?

« Viens ici un peu, Clovis. »

Grand-papa a la canne en l'air et se donne de petits coups sur l'épaule. Je m'approche de lui prudemment. Je me souviens de son affection virile quand il était en meilleure santé, de ses claques sur la tête, de ses gifles amicales mais raides, de ses coups de canne dans les mollets.

« Clovis, ta grande sœur m'a parlé de toi. Il paraît que tu te prends pour un autre, qu'un jour tu es un sultan, un émir, l'autre jour un calife, un vizir ? Lucia m'a dit que tu montais la tête de ton petit frère, que tu lui donnes des médailles, des rubans, des décorations, que tu l'empêches de dormir tous les soirs avec des récits des mille et une nuits, que tu inventes un code secret, juste pour vous deux, que tu écris avec du jus de citron, ton encre invisible, que vous allumez des quenouilles en torches... c'est dangereux tout ça, mon petit Clovis. Tu vas finir comme mon pauvre Ferdinand, sans foyer, errant de par le monde, la tête enflée, faisant pleurer ta mère inquiète. »

Je ne dis rien. Je ne réplique pas. Il est d'un autre âge, d'un autre temps. À trente ans, lui, il était dans la réalité la plus épaisse, garçon-boucher chez son père, dans la petite rue Ropery des Irlandais de la Pointe, en bas de la ville. Il ne peut pas comprendre. Comprendre qu'aujourd'hui il y a des encyclopédies. Que, de nos jours, les jeunes s'instruisent et veulent refaire le monde.

« Clovis, tu vas me promettre d'arrêter tout ça, c'est rien pour ramener ton frère, tu dois bien le savoir. De mon côté, je peux te promettre une belle bicyclette avec des pneus ballons. À une condition, une seule, que tu cesses d'aller jouer dans les buttes de sable. Peux-tu promettre ? »

Je m'en vais. Je ne discute même pas avec ce vieillard. Je me convaincs qu'il n'a pas assez d'argent pour tenir sa promesse d'un vélo, ou bien qu'il achèterait une vieille bécane usagée, une patente à moitié démantibulée, rouillée, qui grincerait, qui se casserait au bout de trois jours, qui coûterait les yeux de la tête à faire réparer.

Ma mère sort un grand chaudron rempli d'épis de maïs fumants. On installe la grosse table de pique-nique au bord du lac. Grand-papa grogne à maman qui met du beurre sur son maïs : « Ton garçon est sur une bien mauvaise pente, ma Gervaise. Il finira comme Ferdinand, un vagabond lunatique. »

Et je peux entendre maman qui marmonne :

« Écoutez, il fait rien de mal après tout. On dirait qu'il est plus capable de vieillir. Il lit trop. Je me dis qu'un beau jour, ça va se rétablir et qu'il va vieillir d'un seul coup, d'un coup sec ! »

Elle me sourit. Je lui souris et je mets beaucoup de sel sur mon épi.

V

1. Ce matin, il y a une petite pluie partout dans notre désert arabe. Le sable change de couleur à mesure que les fines gouttes d'eau s'infiltrent. Ça va mal. Les boîtes de Corn Flakes s'accumulent dans notre tour et malgré les envois à la compagnie, ce tome tant attendu n'arrive pas. C'est désespérant. Tout va mal, j'ai engagé un combat d'arrière-garde. Les premiers assauts n'ont rien donné. On n'a pas gagné un pouce de terrain. Mario me semble au bord du découragement. Il galope vers moi à bride abattue : « Je sais pas pourquoi tu nous fais foncer toujours vers l'ouest. Ça donne rien. Il y a un gros trafic et on revient toujours au camp bredouilles. »

Il me semble comme hors de lui, les yeux agrandis. Il me parle durement sur un ton que je ne lui connaissais pas. Je prends les devants. « Écoute, Mario, c'est pas facile la stratégie et regarde le temps qu'il fait. On pourrait peut-être rentrer à la maison et reprendre le combat demain. »

Il me défie du regard, ajuste sa ceinture, son poignard et son épée, il lève sa lance au ciel et me crie en éperonnant sa monture : « J'ai une idée de tactique.

Suis-moi, Clovis. On va faire un détour par l'est et le nord. » Il est déjà parti. Je le suis à distance, surpris. Il semble suivre un plan, exécute soigneusement des sauts périlleux, contourne avec minutie des bosquets touffus, des îlots de bouleaux, de grands ormes. Mais qu'est-ce qui lui prend ce matin ? Je le suis de plus près. Jamais il n'a osé ainsi prendre les devants ! « Est-ce que tu sais où tu nous mènes au moins ? »

Mario s'arrête et me regarde comme sans me voir, comme inspiré, guidé. « Tu vas voir, laisse-moi faire pour une fois. J'ai eu une idée. » Et il repart au galop, le fanion rouge et or au bout de sa pique est rabattu par la pluie.

J'ai du mal à le suivre. Un petit soleil timide perce momentanément les nuages. Il pleut sous une lumière tamisée. Mario, déjà loin en avant, me crie de le suivre mieux. Il pousse des clameurs, il vocifère des imprécations inintelligibles. Mais où va-t-il ? Qui le mène ? Qui le pousse ? A-t-il su communiquer avec mon inspirateur Gabriel ? Je finis par le rejoindre.

« Tu vois ? » Il me montre des bouleaux disposés en véritables haies. « Ce sont des citadelles endormies. Les salles sont remplies de belles filles endormies. Les gardes dorment et les chiens aussi, tout dort par ici, on peut passer ! Viens ! »

« Mais, Mario, quelles citadelles ? » Il continue à galoper sous la pluie fine, nos jambes se couvrent de boue.

« Regarde maintenant ! » Il me montre, loin, à l'horizon, une immense citerne d'eau, peinte en bleue, rayée de blanc, du côté de l'île Bizard.

« N'aie pas peur, les sentinelles ne nous voient pas. C'est une pluie magique. Elle nous protège. Elle forme autour de nous un écran et nous sommes invisibles. En avant ! »

« Mario, écoute, quel est ton plan ? »

« Tais-toi et viens vite ! Il faut arriver avant midi et le retour des géants métalliques. En avant ! »

Il va à gauche, puis à droite. Mario parle sans arrêt maintenant. Il n'a jamais tant parlé :

« Tu vois que tu avais tort de vouloir rentrer ! C'est une réussite. On avance ! Regarde la grenouille luisante avec ses grosses lunettes, elle indique le chemin avec sa langue. Par ici ! Allons-y ! Tu vas voir, il y aura un ruisseau et des serpents tout gris se colleront ensemble pour former un pont. En avant ! Tu vois ces filets géants au-dessus de nos têtes ? Des milliers de singes à poil très noir ont tressé pour nous cette barricade céleste ! Je les vois là-bas, ils nous devancent ! Nous allons maintenant traverser cette forêt de lianes et Tarzan va voltiger dans les cimes. Il nous aide, tu sais, il est avec nous. Tous les tigres, toutes les panthères de cette jungle sont prévenus. Les fauves, partout, nous faciliteront le passage. Ici même, tu vois cette vallée, c'était une mer néfaste. Les eaux se sont retirées. Bientôt on rencontrera Jiminy le criquet et la merveilleuse petite Alice qui nous fera manger durant notre halte. Il n'y a plus rien à craindre. Jacques le Matamore virevolte dans sa toupie, loin au-dessus de nos têtes. Il collabore à mon plan de bataille. Il est de notre côté. Des dizaines de rouleaux à vapeur vont surgir de l'est, de notre patrie, et tu verras, ils écraseront nos ennemis comme des galettes. Ça servira à paver notre route pour l'heure du retour.

« Tu vois tout ce qui s'offre aux arbres ? Ce sont des fruits inconnus mais délicieux et c'est plein, un grenier fantastique, Clovis, des réserves pour une campagne illimitée. Superman et Guy L'Éclair y ont vu pour nous. Tu te rends compte ? Tous nos héros sont de notre bord. Ils veulent tous nous voir continuer le combat ! Et toi qui voulais rentrer ? Viens ! En avant ! Par ici ! Tiens, doucement, descendons de cheval. Voici les grands moines. Ne dis rien ! Ils sont en prière. Ils méditent et ils prient pour le succès de notre entreprise. Ne lève pas la tête car il ne faut pas regarder au-dessus de ces longs derviches, c'est rempli d'âmes, ce sont nos défunts ! Ils veillent sur nous. Ils nous regardent d'en haut et ils nous garantissent la victoire finale. C'est fait, nous avons traversé le bois des saints et le ciel des morts. On peut remonter en selle maintenant. Tu vois, le soleil a triomphé de la pluie ! Et tu parlais de rentrer ! Ce n'est pas fini, on verra Sinbad le marin célèbre et Aladin avec sa lampe ensorcelée, ce n'est qu'un début. On m'a promis une rencontre avec Marco Polo et aussi avec Robinson. Les Sarrasins du nord de l'Arabie vont venir nous enseigner, ils tiennent les secrets de Delhi, ils nous feront manger des galettes de halva et boire des limonades multicolores parfumées au thym et à la menthe sur un lit de glace ! Nous obtiendrons des babouches neuves avec de solides lacets en cuir du Maroc ! Nous porterons des cottes en peau de girafe et des bonnets d'astrakan. Attention, il y a une rivière par ici, attention ! Tu vois, c'est une gondole orientale. Prenons-la, on traverse ! En avant, Clovis, en avant ! Regarde maintenant, quelle vision, hein ? C'est le pré des dieux. Regarde cette végétation ! On dirait qu'on entre au travers d'une tapisserie vivante ! Respire les parfums exotiques, c'est beau ici. Le sol, tu le sens bien, est un tapis turc d'une telle douceur, non ? Tu vois, à l'horizon, à notre droite, les Bédouins marchent vers La Mecque. À gauche, sur des ânes, des chameaux, sur quelques éléphants, les pèlerins forment un caravansérail ambulant. C'est impressionnant ! Oh ! attention ! Pied à terre ! Pied à terre, mon grand frère. Il va falloir livrer combat. Ne crains rien ! Nous ne sommes pas seuls. Ce sont des crapauds noirs galeux. Ils sont très habiles. Ils peuvent lancer des pierres, vite à nos boucliers ! Prends garde de ne pas glisser sur leur coulis de bave verte. En avant, on va les tailler en pièces ! Des oiseaux carnassiers viendront ensuite nettoyer ces bois ! Une musique se fait entendre, non ? C'est comme un grondement de mille timbales qui battent en d'étranges cadences. On fonce ! Rien ne peut nous arrêter, tu me l'as assez dit, on fonce ! Voici l'avant-garde des crapauds noirs, des dizaines de chauves-souris, sortons nos arcs, nos arbalètes. Courage, mon frère, courage ! Le ciel est noir de ces ailes déployées ! Frappe, frappe, ne t'occupe pas du sang qui retombe sur nous, ne t'affole pas de leurs cris stridents, il faut traverser ce pré là-bas. Voici maintenant des bisons, gros comme des éléphants, hauts comme les chameaux du temps de l'hégire. Buffalo Bill s'en vient. Tu le vois guerroyer au milieu de ce troupeau sauvage ? Oh, Clovis, nous n'avons que des amis, c'est merveilleux, non ? Les Peaux-Rouges de cent tribus viennent à notre rescousse. Gene Autry, Lone Ranger vont combattre à nos côtés, regarde ! Tous nous prêtent main-forte ! C'est mieux encore que toutes ces chamailles du temps de nos premiers combats, non ? Tu vois, les bisons fuient en tous sens et regarde nos chers cow-boys qui s'amènent, ils nous ouvrent un passage parmi les animaux morts. Une haie d'honneur, tu les reconnais tous, pas vrai, Clovis ? Don Quichotte te sourit. Il est fier de nous. Blanche Neige en personne ? Clovis, le Prince Charmant nous salue et enlève ses gants, le Petit Poucet, grimpé dans ce tilleul, là-bas, tu le vois ? Il nous fait de grands signes d'amitié ! Que je suis heureux, Clovis ! Toi aussi ? Cendrillon sort d'un carrosse doré, le Petit Chaperon Rouge lui offre des pommes et va courir avec Hanzel et Gretel. Clovis, nous vivons une matinée mémorable, lui, là-bas, c'est Pinocchio, il enseigne une gigue paysanne aux sept petits nains ! Oh ! Roy Rogers là-bas dans un nuage de poussière, le chapeau bas à la main ! C'est pour nous ! Mickey Mouse est assis sur le petit rocher près de la source qui coule, tu le vois ! Tu vois la grosse bottine-maison de Maman l'Oie, Clovis ? On s'installe ici, c'est notre vraie patrie ! Tous nos héros y vivent, ma foi ! Ici, jamais plus on ne connaîtra l'ennui, Clovis ! Regarde qui s'amène ? Le cher petit Aladin et son bon géant ! Tu es content ? Clovis, je dois t'avertir maintenant, il y a un combat à livrer et tous nos amis ne pourront plus nous assister. Regarde dans les champs, tous ces grands géants métalliques aux jambes écartées, reliés ensemble par des fils noirs, les bras en croix, Clovis, il faut tous les abattre ! Tu te sens prêt ? De l'autre côté de cette vallée, une fois que nous aurons réussi à terrasser le marécage de ces colosses de fer, ce sera la marche triomphale vers la lumière, vers le salut. On y va, Clovis ? On y va ? »

Il se jette par terre et pleure doucement.

« Qu'est-ce qu'il y a, Mario ? Tu pleures ? »

« J'ai peur ! Pour une fois dans ma vie, j'ai peur ! »

Je lui offre quelques biscuits à la mélasse. Il en mange un, il le grignote sans appétit ! « Voyons, Mario, qu'est-ce qui se passe ? »

« Tu n'aimes pas ma guerre ! Tu voudrais pas aller combatre les épouvantails de métal ? »

« Écoute, Mario, c'est bien beau tout ça, mais il faut que je te dise : tu te trompes de guerre. Tu es complètement à côté ! C'est pour ça que je disais rien ! Je m'y reconnaissais pas ! Tu mélanges tout. On est dans la mauvaise bataille. C'est pas ta faute, tu es parti trop vite. Va falloir revenir en arrière, Mario. »

Pendant que nous trottons côte à côte, je ne dis rien ! Je n'aurais jamais cru Mario capable de parler si longtemps, de mener une si longue marche. Il a retenu des bribes de « toutes » les histoires racontées ou lues. Je me demande encore comment ça se fait qu'il avance à rien à l'école. C'est mystérieux. J'irai voir son professeur en septembre et je lui dirai que Mario est aussi intelligent que les autres, qu'il doit être victime d'une sorte de barrière psychologique, qu'il faudrait qu'on sache le prendre à part, l'intéresser d'une manière ou d'une autre ! On s'arrête pour regarder de nouveau le bois de vieux ormes aux écorces rugueuses.

« Mario, tu m'avais jamais dit ça que tu pouvais voir... des choses, des situations, des panoplies de soldats et de personnages ? » Mario me regarde, prend sa gourde et boit, puis se couche sur le dos, les yeux au ciel :

« Clovis, souvent je vois à travers les nuages. D'autres fois à travers les feuillages des arbres ou bien au fond de l'eau, au milieu du lac. Le soir, dans ma tête, je pars encore, je fais des voyages exténuants parfois. Il y a de grandes mains qui tiennent des salières et je marche sur des boutons à gros trous. Je dois faire attention. Il y a des harpes qui rient à gorges déployées et des chenilles rouges transportent dans de longs tunnels de fil blanc et doré de gros papillons aux ailes repliées. Tout ce que tu m'as raconté se transforme, les dieux des Grecs se rencontrent avec les acteurs de l'Histoire sainte. J'ai vu Moïse dans un aquarium à l'eau toute jaune qui embrassait des naïades ou des sirènes, Ulysse joue du violon parfois et des fleurs émettent alors des sons harmonieux. Des camions dansent portés par des lapins au pelage d'argent. J'ai déjà vu un totem rempli de lumières clignotantes, une horloge qui pleurait, un salon valsait au doigt d'une vieille fée Carabosse, le nez tout croche, un squelette, une nuit, s'est cassé à mes pieds en dix, vingt, cent, deux cents harmonicas de prix ! »

2. Nous avons dîné en silence. Mario me souriait, la bouche pleine de nouilles. Maman déteste ces connivences entre nous, alors elle en profite toujours pour nous jeter au visage une liste de corvées. Ça a fait que cet après-midi, on n'a pas pu retourner aux buttes de sable pour continuer la bataille de Poitiers. Mario tente de lire la liste des travaux par-dessus mon épaule, alors je la lui lis :

1. Ranger les jouets de la petite Reine et de Nicolette au grenier.
2. Réparer et mastiquer le carreau de la fenêtre de la salle à manger.
3. Nettoyer le petit hangar aux outils.
4. Graisser le moteur de la pompe à eau.
5. Préparer des branches et casser une demi-corde de bois.
6. Poser du goudron sur le toit au-dessus de la chambre de Myrielle et Lucia.
7. Clouer les pattes de la balançoire.
8. Huiler la machine à coudre.
9. Enlever les saletés dans la gouttière.
10. Réparer le mur de pierre le long du chemin du Roy.
11. Réparer la poulie de la corde à linge.
12. Laver les carreaux de la remise.

« Regardez-le, lui, c'est mon jeune frère, celui qu'on dit retardé, arriéré, regardez-le en train de préparer votre fin. Voyez ses astuces et sa finesse au combat. Il est capable ! Vous entendez ? il est capable ! »

Soudain deux faisceaux lumineux se dressent dans la nuit. Je vois Mario se jeter dans un bosquet de chèvrefeuille. Ah ! qu'il est rapide, qu'il est habile ! Des meuglements de protestation se font entendre et aussitôt le Barbare éteint les deux phares de son char. Mario se redresse et continue bravement à dérouler sa mèche. Qu'il est brave ! Loin, derrière moi, une sentinelle, un nain tant il est petit, marche sur un talus. Que le diable l'emporte, j'ai amplement le temps de rejoindre l'écran du centre avant qu'il n'arrive jusqu'à moi. Oups ! Je sens un crapaud qui a sauté près de mon visage. Mario me chuchote : « Allô ! allô ! On se rejoint ? »

Voilà ! Les ficelles blanches sont raccordées, je sors de ma lampe magique les quatre piles spéciales, je connecte les deux ficelles enduites de poudre.

« Regarde bien ça, mon Mario, quand le courant aura fini de parcourir notre longue cordelette, ce sera la fin de tout, tu verras la panique. Tu vas voir le désordre barbare. Sans leurs géants parleurs, ils ne sont plus rien. Tu vas voir.

« Quand, quand au juste ? »

« Énerve-toi pas. On est pas pressés. L'important était d'abord de nous rendre jusqu'à ce camp rempli de trois parcs de chars, ensuite de ne pas nous faire arrêter. Maintenant, plus rien à craindre, le sabotage est accompli. On peut respirer. » Mario sort un biscuit à la mélasse de sa poche et le croque.

« Clovis, ça c'est le plus beau combat de notre vie, je pense. »

13. Ramoner la cheminée avec un vieux corps d'épinette.

« Je te dis qu'elle le fait bien exprès », siffle un Mario désappointé. Ma mère l'a entendu grommeler. « Oui, puis quand vous aurez fait tout ça, j'ai une autre liste pour vous deux, une liste d'épicerie.

Je me jette à l'ouvrage. De toute façon après l'étrange expédition de ce matin, je préfère réfléchir un peu sur Mario et ses pouvoirs. Myrielle s'installe aux rames de la petite chaloupe. Je lui crie : « Si tu passes devant le bureau de poste, va donc voir pour moi, s'il te plaît. »

Myrielle arrête de ramer et me lance : « Si c'est encore un tome d'encyclopédie, je le jette au fond du lac. » Et elle s'éloigne en riant. Je grimace. Mario s'approche de moi.

« Clovis, des fois, je me demande si les femmes ont pas été inventées pour empêcher les hommes d'agir ? » Mario me surprend encore une fois.

« Vite les gars, à l'ouvrage ! » gueule maman du petit balcon à l'étage du chalet.

3. Le lendemain matin j'ai dit à Mario : « Écoute, je sais que tu es capable seul maintenant. Pars, vas-y, moi, j'irai plus tard. J'ai pas fini la liste des ouvrages de maman. Et il y est allé. Seul. Ça me fait un petit coup au cœur. J'aurais voulu, au fond, lui être indispensable. Il est parti vers notre tour dans les pins avec ses armes en bandoulière, sa gourde d'eau, ses biscuits à la mélasse. Seul.

4. Il est revenu, sale, la culotte déchirée, les bas en lambeaux, pour le dîner. Il m'a dit : « Ça a mal marché. J'suis tout mélangé. Je me suis encore trompé de guerre. J'irai plus jamais sans toi. »

Bon. Il a besoin de moi ! « Cet après-midi, ça va barder, mon petit Mario, même si Myrielle m'a juré hier qu'il n'y avait rien pour moi au bureau de la poste royale. »

5. Une fois dans notre mirador, j'ai fait un peu de rangement parmi nos morceaux de tapis, nos vieux coussins, tous nos trésors. J'ai compté et recompté les boîtes de Corn Flakes, il y a un retard inexplicable du côté de la compagnie de céréales. Mario avait hâte de descendre de la tour et de reprendre notre combat aidé de mes explications. Il m'a dit : « Tu boudes. Tu le fais exprès pour retarder le début des combats, à cause d'hier sous la pluie ? Je m'excuse. J'aurais pas dû ! Je n'ai pas lu tes livres sur les guerres. »

Je le regarde attentivement. Il est tout équipé. Prêt. Lance en main, drapeaux déployés, armé de pied en cap.

« Non, non, Mario. Tu as bien fait hier. C'était correct. C'était juste une erreur de bataille. C'est tout. » Et je vois qu'il a une brûlure sur le bras. Je lui montre.

« Ça ? C'est rien. J'ai été terrassé ce matin ! Tu n'étais pas là pour me protéger. C'est ma faute. Je suis allé trop loin. J'ai essayé seul de vaincre un des géants de fers électriques dans la prairie. Je recommencerai plus ! »

Nous avons une pharmacie de secours ici. Je lui pose de l'onguent et lui fais un bandage. Cela l'humilie. Il baisse la tête.

« Voyons, Mario, c'est une blessure de soldat. Tu dois en être fier ! » Il redresse la tête et me sourit de ses beaux yeux pers. Je vais tracer un plan de bataille avec mes grosses craies de cire rouge, bleue et noire.

« Nous allons faire une reconnaissance périlleuse. Pas de combat puisque tu es blessé. Voici le plan : il va s'agir de bien examiner les abords et les alentours de Poitiers. Oui, Mario, le sort en est jeté. Bientôt, avec ou sans le tome de l'encyclopédie, nous attaquerons les Pictons. »

Il salive de plaisir. « Allons-y ! »

Nous descendons de notre minaret décoré de pièces de bois partout. En bas, nous attendent Moineau, Deveau, le grand Malbœuf, le petit Loiseau et le bègue Lebœuf. Plus loin, trop jeunes pour nous accompagner : Lavoie, Lafortune et Lalumière, les gardiens de notre camp !

6. Pas de cheval pour une telle opération secrète ! Nous rampons. Il faut passer sous le balcon arrière du presbytère et de la chapelle. Le curé nous a vus. Il sort et nous sert un sermon, nous criant d'aller faire les cow-boys loin du lieu saint, nous disant que des vieillards se recueillent ici en paix et n'aiment guère entendre nos cavalcades. Il s'époumone. On le laisse s'égosiller et on passe.

Puis c'est le plombier Willy qui s'y met. Il dit que sa cour de rebuts n'est pas à notre disposition, qu'il mettra la police après nous si on y remet les pieds une seule fois de plus. Un peu plus loin, comme on doit traverser le chemin de la Baie, nous tombons sur ma mère et Myrielle.

« C'est le premier vendredi du mois bientôt. Songez donc à aller vous confesser, à vous préparer à une bonne et sainte communion. Vous vivez comme des païens ! Vendredi, il sera trop tard pour bien préparer vos cœurs. »

On l'écoute sans mot dire. Quand elle est essoufflée de ses réprimandes, elle s'en va et Myrielle la suit, les bras chargés de paquets de linge donnés par l'œuvre de Saint-Vincent-de-Paul.

7. La montagne est encore loin. Entre elle et nous, il y a la grande baie à traverser les vergers des Trappistes, la route d'Oka. La mine de columbium. C'est risqué. « Halte ! »

« Un jour, bientôt, très bientôt, ce sera l'escalade finale ! » J'explique à ma petite troupe d'éclaireurs qu'il faut tout noter. Observer à la perfection les moindres obstacles. Capturer des otages, les forcer à nous révéler les effectifs de l'ennemi. « Le jour du grand combat final approche, mes amis. »

Nous revenons lentement à travers les bois vers notre quartier général. Je demande à Mario de nous raconter la bataille qu'il a dû livrer seul ce matin. Il refuse d'abord. Gêné par les autres. Je l'encourage. Il finit par parler pendant que nous rentrons :

« Mon frère n'était pas là, ça fait que je me suis embrouillé. Et je me suis vu pris dans une guerre étrangère à la nôtre. Il y avait des Mongols partout, habillés de fourrures, montés sur des chevaux très maigres mais très rapides. Quelques Chinois les accompagnaient. Ils parlaient une langue rauque, avec des cris aigus et ils avaient des armes à feu. J'ai fui. Je l'avoue, je me suis sauvé Je ne connaissais rien à cette guerre. Je sais que c'est pour plus tard ce genre de guerre. Que ça vient bien après notre guerre au Poitou. J'ai marché très vite et je suis tombé dans une sorte de fosse sous un arbre si vieux qu'il n'avait presque plus de feuilles, qu'une toute petite touffe au bout de la tête. Une voix venait du fond de cette fosse C'était un vieux loup. Il n'avait plus aucune dent et il avait peine à se supporter. Il m'a supplié de le suivre au fond de son terrier. J'ai rampé. Au fond il y avait une haute chambre, les murs et le plancher ainsi que le plafond étaient tapissés de morceaux de miroirs cassés. Le vieux loup m'a dit de me plier les jambes, de me boucher les yeux avec mes doigts et qu'alors je serais transporté loin à l'abri de tous ces cruels Mongols. Je l'ai écouté. J'ai entendu comme un murmure naturel, c'était comme le vent, l'hiver, quand il y a une tempête. J'ai même senti un grand rafraîchissement sur tout le corps. Il m'a dit d'ouvrir les yeux. Alors j'ai vu une sorte de vaste caverne recouverte de mousse verte. Une lumière douce baignait la place. Sa source parvenait d'une fente très mince. Je marche vers cette ouverture et, dehors, il y a un grand pré très extravagant. Au lieu de l'herbe, de petits cailloux blancs partout et des poules, grosses comme des ours, très blanches aussi, qui semblent toutes en train de couver des œufs. Je m'approche d'une première volaille et j'entends des murmures venant de dessous son corps. Je m'accroupis sur le sol de galets polis blancs et je crois entendre une voix familière. C'est la voix de ma mère et elle pleurniche en disant :

« Mon pauvre petit Mario, comme je regrette d'avoir essayé de t'empêcher d'aller à tous ces combats impérieux. Me pardonneras-tu jamais un jour ? Je ne savais pas l'importance de ces batailles historiques. Je ne savais pas, Mario. »

Mario nous regarde heureux, souriant et il continue : « Sous chaque poule géante dans des œufs qui me semblaient de plâtre, il y avait une voix que je connaissais, celle de papa, celle de Lucia, celle de Willy le plombier, celle du curé, celle de Myrielle, ma sœur... Je me suis éloigné de ce drôle de poulailler et j'ai crié : « Oui, oui, cessez de vous lamenter, je vous pardonne tous, je vous pardonne, vous ne pouviez pas savoir. » Alors les œufs se sont cassés et j'ai vu toute ma famille, les voisins aussi et même grand-papa avec sa canne ! Ils me faisaient des saluts de la main et me souhaitaient « bonne chance » et criaient : « Vive Allah au plus haut des cieux, vive Moïse, vive Jésus, vive Mahomet ! » J'ai marché vers un grand mur bruyant comme une chute d'eau, une digue. La voix du vieux loup se fit entendre, me recommandant d'étendre les bras et d'entrer, de passer à travers le mur. J'ai fait ça et je me suis retrouvé pas très loin d'ici dans la petite prairie de l'est où il y a les géants de fer, les jambes écartées, les bras en croix. J'ai foncé. J'étais seul, tu étais pas là, Clovis. Je me suis brûlé en voulant terrasser un géant, lui fourrant des coups d'épée dans une des jambes. Et je suis rentré pour manger. »

Personne ne parle. Les plus vieux me regardent. je dis : « C'est ce qui arrive quand on part au combat sans documents ni rien ! Suivez-moi toujours ! »

VI

1. Juillet passe trop vite. Il s'achève. Maman est au lit. Elle dit qu'elle a des crampes d'estomac. C'est Lucia qui a préparé le petit déjeuner. Reine, qui a cinq ans, se plaint que ses rôties sont brûlées. Myrielle pour faire la vieille se fait du café noir et elle me regarde manger.

« J'espère qu'aujourd'hui tu vas te priver de tes randonnées de fou dans les buttes de sable ! » Je mange mes céréales et ne dis pas un mot. Mario craint le pire : rester au chalet. Il ose : « Est-ce qu'il y a de l'ouvrage d'homme à faire, oui ou non ? » Pas de réponse. Mario me regarde fièrement. Je ne sais comment lui dire, comment lui expliquer que cette guerre me lasse et surtout que, sans le tome numéro 7, je ne sais plus trop comment poursuivre l'histoire. Avoir su ! L'an dernier, pas de problème, on a refait entièrement les batailles de Jeanne d'Arc en France pour chasser les Anglais. Un franc succès. J'incarnais, avec l'aide de mon ange Gabriel, Jeanne d'Arc. À la fin des vacances, on a fait un grand bûcher à Rouen. Et on m'a fait rôtir. Il y a deux ans, c'était vague, on a vécu les batailles des Sauvages et des découvreurs du

94

Québec. C'était fait un peu pêle-mêle. Guérillas iroquoises et huronnes. On a terminé l'été avec la célèbre bataille du Long Sault et le valeureux Dollard des Ormeaux.

Cette fois, pour mon dernier été de liberté, je voulais une guerre intéressante, mieux que Ben Hur, que les Grecs et Alexandre, que Napoléon qu'on avait amorcée il y a plusieurs étés. Je ne le regrette pas ! Jamais on a tant vu de couleurs et d'armes. Mais il me manque le tome 7 de notre enclyclopédie.

2. J'ai rêvé que le quincaillier, monsieur Gravel, avait fait banqueroute et qu'il m'avait donné toutes ses réserves de peinture. Alors, nous avons peinturé toutes nos installations et notre cabane, que je baptise « moucharabi », tout se transformait en une vibrante palette de couleurs où les rinceaux, les entrelacs et les arabesques chantaient à tue-tête de leurs coloris aux émaux luisants. Je rêvais d'un bazar immense, je voyais des constructions mirifiques, j'ai imaginé, en songe, une tour plus haute que les nuages. J'ai rêvé cette nuit du triomphe d'Allah, ici même !

3. Lucia en a profité pour jouer « la mère » et nous faire travailler dans le chalet. Mario m'a aidé et ça n'a pas pris de temps que la vadrouille arrosait tous les linoléums usés du premier étage. Puis on a aidé Myrielle et Maryse à étendre les rideaux fleuris sur les cordes à linge installées pour la circonstance entre les arbres du terrain et jusqu'au bord de la grève. C'est devenu une sorte de décor translucide sous le chaud soleil de cette fin de juillet, on n'a pas pu s'empêcher, Mario, moi et les amis des alentours, de nous sentir au milieu d'une caravane en bivouac dans un désert arabe.

Lucia, nous voyant redevenus des combattants imaginaires, s'est fâchée et elle nous a chassés.

On a galopé vers la sablière et notre quartier général. Il y avait un homme barbu avec deux jeunes enfants au bord du chemin près de la chapelle. Il nous a dit :

« C'est à vous cette belle cabane là-bas dans les pins ? » Son petit garçon en avait les yeux agrandis. « C'est notre tour de guet. »

Il a pris la fillette sur ses épaules pour qu'elle voie mieux les fanions, les étendards, tout l'attirail de guerre et il m'a dit :

« Un jour, bientôt, vous accepterez de faire participer mes enfants à tout ça ? »

On a dit : « Oui, oui », comme ça pour s'en débarrasser et on a couru vers notre cachette sous les pins. Le barbu a eu le temps de crier : « Faites attention. Il y a quelqu'un. Je l'ai vu grimper dans votre fort. Je l'ai vu. Un espion peut-être ? » On s'est arrêtés net. Le barbu s'en allait avec ses enfants, un sur chaque épaule. « Il dit peut-être la vérité. » On a marché avec précaution vers la sablière en traversant les rangées de frêles bouleaux des Poupart. Puis on a rampé prudemment. Mario me donne un coup de coude dans les flancs. On voit un grand type mince qui descend l'échelle de notre moucharabi. Il a les cheveux gris, mais il paraît très jeune. Rendu au sol, il met sa main en visière et examine de nouveau notre balcon dans les pins. Il tourne autour de ce mirador. Il tourne la tête vers nous. Il nous a vus. Mario sort sa fronde et serre dans sa main gauche son long poignard bronzé. L'homme aux cheveux gris sourit. Il nous fait un salut. Il a le visage couvert de marques, innombrables petites cicatrices. « Je vous ai vus, les jeunes. Approchez, je suis pas un espion. » On y va.

« C'est une belle installation, mes jeunes amis. Je vous félicite. »

Mario va vers l'échelle comme pour l'empêcher qu'il y remonte. « C'est une propriété privée ici. C'est un lieu de guerre, monsieur. » « Ah bon ! Je comprends. Je vais m'en aller, craignez rien. Je veux surtout pas déranger. » Il me regarde sans cesse. Il doit bien sentir que je suis le chef ici. Il s'éloigne, question de paraître rassurant, pas trop curieux mais il questionne :

« Et à qui faites-vous la guerre ? Je peux savoir ? » Mario répond aussitôt : « Il s'agit d'une invasion, monsieur... ».

« Attendez, je vais deviner ! Humm... rien qu'à voir vos armes et ce que j'ai vu dans votre tour, ces bouliers chinois, les tambours et les parasols japonais, les kimonos et les cymbales de cuivre avec les dragons, les abat-jour brodés de lettres chinoises, je l'ai, oui, vous bataillez contre les hordes de Mongols, les cavaliers des steppes, les envahisseurs de la Chine ? C'est ça. » Mario me regarde. Je ne dis rien. Je n'aime pas les étrangers, les curieux. Et puis ce serait bien long de lui expliquer qu'on n'avait sous la main que le stock de bibelots chinois et japonais de notre père, du temps qu'il était importateur dans la rue Mont-Royal. Mario se risque :

« Ça a l'air chinois, monsieur, mais c'est arabe au fond. Vous avez pas vu l'étoile et le croissant d'or sur notre drapeau rouge en haut ? Vous avez donc pas remarqué les épigrammes gravées au canif dans la rampe du dernier étage ! Nous allons envahir la France bientôt. Nous marchons vers Poitiers, monsieur. Les Arabes sont partout maintenant, tout le tour de la mer Méditerranée nous appartient. Allah Akbar, monsieur ! »

L'homme aux cheveux d'argent marche vers la sablière. On dirait qu'il se désintéresse de nous soudainement. Je souffle à Mario : « Va donc voir, grimpe voir s'il n'a pas dérangé nos affaires. » Mario monte dans l'échelle. Je marche vers l'étranger.

« Est-ce que vous connaissez ça la bataille de Poitiers ? » L'homme ne me répond pas.

« C'est que, vous comprenez, vous avez vu toutes les boîtes de Corn Flakes, j'attends un numéro d'encyclopédie qui n'arrive pas ! » Il me tourne le dos et je me décide à aller lui faire face. Je sais qu'il me cache quelque chose. Il est peut-être envoyé par le curé du village, ou la police. Il doit peut-être faire rapport. Il se détourne encore quand je m'approche de lui.

« Monsieur, êtes-vous envoyé par quelqu'un ? » Il ne répond pas et marche encore un peu me tournant le dos. « On fait rien de mal, monsieur. »

Mario est revenu et vient se placer tout près de moi, il marmonne tout bas : « Rien n'est déplacé, Clovis. Il a touché à rien. »

Soudain, le jeune homme aux cheveux gris se retourne. Il a le visage couvert de larmes et nous regarde en pleurant à chaudes larmes.

Mario me regarde, supris. Il me bégaie : « Une grande personne, un... un homme, un homme qui... qui... qui pleure ? »

Je reste là, figé, surpris moi aussi.

« Est-ce que ça va ? Êtes-vous malade ? Ou quelque chose ? » Il reste à l'écart. On l'entend à peine qui nous dit : « J'avais un ami. Et il a été trouvé mort ici. Étranglé et noyé. »

Mario me tire la manche : « C'est notre mort, Clovis, notre noyé ? »

L'homme l'a entendu et s'approche un peu de Mario. « Vous l'avez vu ? Savez-vous que c'était un garçon épatant. Il n'avait qu'un ami. C'était un jeune malheureux. Il n'avait rien, personne d'autre dans la vie que moi. Comment t'appelles-tu ? »

« Mario. Mario Jhie. Et lui, c'est mon frère, Clovis Jhie. » « Écoutez-moi bien. Il n'avait rien reçu de la vie. Rien ! Il avait été promené de famille d'adoption en famille d'adoption. Mon ami n'a pas eu de grand frère pour veiller sur lui comme toi, Mario, tu as ton frère Clovis. Il n'avait eu personne sur qui compter. Je lui enseignais tout ce qu'il savait. Il était sauvage. Jusqu'à la violence parfois même, mais son fond était bon. Il était généreux sans avoir rien à donner. Et puis il est mort. Il a été trouvé pas loin d'ici, non ? »

Mario, gagné de sympathie, va vers lui : « C'est moi qui l'a vu le premier ! Pas vrai, Clovis ? C'est moi, monsieur. On l'a tiré hors de l'eau. Il était pas beau à voir. Je vous le dis. Il était gonflé. Je voudrais pas mourir noyé. Oh non ! »

L'homme aux cheveux d'acier frisés va vers un des étangs. On dirait qu'il tente d'imaginer la scène. « Je lui avais dit aussi Je l'avais averti Il voulait toujours se baigner la nuit, ici. »

« Il savait nager, oui ? »

« Oui, un excellent nageur. C'est qu'ici, la nuit, c'est infesté de voyous. Vous le saviez ? J'avais refusé cette baignade. Je n'aimais pas voir rôder, la nuit, ici, ces ombres, ces silhouettes aux allures douteuses. J'avais refusé ! »

Il va s'asseoir sur une souche de peuplier tranché par un orage il y a longtemps. Il s'essuie les yeux. « Il a été étranglé sauvagement. Je ne saurai jamais ce qui est arrivé. Il a dû se bagarrer encore. Je le mettais souvent en garde, sur sa façon prompte de répondre aux gens. Il était si franc. Mais il était si entier aussi, si vif de caractère. Excusez-moi, mais j'avais tant besoin de raconter tout ça, de parler de lui à quelqu'un. Je vous retarde ? »

Je risque : « La police finira par trouver le coupable. »

« C'est moi le coupable. J'aurais dû l'empêcher de venir ici la nuit. »

« Il vous écoutait pas toujours ? » dit Mario.

Il sourit. Se relève de la souche : « Toi, Mario, est-ce que tu obéis toujours à ton grand frère ? » Il lui passe une main dans les cheveux. Farouche, Mario vient se coller sur moi.

« Non, pas toujours. C'est vrai ! »

L'inconnu aux cheveux métalliques s'approche de moi : « Est-ce que je pourrais guerroyer avec vous aujourd'hui ? » Mario sursaute. Un vieux, un adulte qui demande de se mêler à nous ?

« Non, c'est impossible ! »

« J'écouterai. J'obéirai. Je ferai ce que vous voudrez. Simple gardien des munitions si vous voulez pas m'amener au front ? »

« Non, non, pas question, monsieur ! »

Mario ajoute : « Comprenez bien que c'est pas rien qu'une petite affaire nos batailles. Ce serait trop long de vous expliquer où nous en sommes rendus, hein, Clovis ? »

L'étranger aux cheveux gris, à la peau ravinée insiste : « J'ai un peu lu sur la Chine du temps qu'elle devait repousser les envahisseurs sibériens. »

« Non, non, on vous l'a dit, c'est les Arabes, monsieur. Notre histoire, ça a rien à voir avec les Chinois. »

Mario ajoute : « Revenez l'été prochain, peut-être qu'on en sera rendus à ces guerres de la Chine. Peut-être, hein, Clovis ? »

L'étranger vient me prendre le bras fermement : « Écoutez, ça me ferait plaisir de vous aider. Donnez-moi une chance. Essayez-moi. Je jouais beaucoup quand j'étais petit moi aussi, j'aimais jouer ! »

Mario s'interpose : « On joue pas ici, nous deux, monsieur. Pensez pas que c'est un jeu ordinaire. Clovis me l'a bien dit-on est plus des enfants de cinq ans, c'est l'histoire, ici, monsieur. »

Je regarde Mario et je souris. L'homme insiste : « Je sais bien que c'est pas un jeu. Je le sais. Je le vois bien. Je le sens. Laissez-moi entrer dans votre histoire, je vous en prie ! »

Je ne sais plus quoi dire. Je ne veux plus voir cet homme étrange qui tremble quasiment, qui supplie. Je lui réponds raide :

« On joue, monsieur. On joue ! Ce n'est qu'un jeu. »

Mario élève la voix « C'est pas vrai ! On joue pas ! Clovis pourquoi tu dis ça ? Il donne des coups de pied dans le sable, très déçu, faché.

« Oui, c'est rien qu'un jeu ! Allez-vous-en, laissez-nous tranquille. »

L'étranger s'en va, la tête basse. Il ne se retourne pas. Il a bien vu qu'il était en train de nous diviser, Mario et moi.

« Écoute-moi bien, Mario, maintenant qu'on est seuls. Faut que tu comprennes qu'il faut pas, comme tu as fait, accepter n'importe qui, ici, dans nos territoires. »

« Tu as dit qu'on jouait, Clovis. » Il va casser une barrière qu'il avait construite avec des petits billots de bouleau. Il est furieux. Je le connais, je ne pourrai plus le calmer.

« Viens, Mario, on s'en va ! On reviendra demain. Il est tard déjà. » Mario boude et me suit loin en arrière.

« Mario, c'est pas grave, cette journée a mal commencé, tu le sais, on est arrivés ici trop tard, il y a eu les corvées de Lucia et maman qui est malade. »

Mario ne m'écoute pas. Il chantonne : « C'est l'aviron qui nous mène. » Il boude de plus belle. Moi je pense au noyé, à l'orphelin étranglé, à son ami aux cheveux gris qui pleurait dans les dunes de sable comme ne devraient jamais pleurer des adultes s'ils ne veulent pas sembler ridicules ou malades de la tête.

VII

1. Près d'un bosquet de lilas, une mouffette s'immobilise et nous observe. La lune, très brillante, nous aide dans notre marche périlleuse. Mario me suit de très près. C'est la première fois que l'on combat la nuit. Il fallait que je le console de cet après-midi raté. Quand je lui ai dit, tout bas, de se rhabiller, que nous allions livrer notre première bataille dans l'obscurité, il a d'abord cru que je blaguais, puis il a eu peur. Il a hésité à sortir de son lit. Il a fallu que j'insiste, que je lui explique que les fidèles Arabes ne craignaient pas, à l'occasion, de combattre le soir venu.

C'est un assaut d'une importance très grave. À l'est, un peu plus loin que le Chicot, pas loin de la rivière du Chêne et du ruisseau Croche, il y a un campement de Barbares. Il faut les réduire à néant, au cas où ils décideraient soudain de s'allier aux Français du grand Charles.

Les criquets font un étonnant tintamarre. Mario a sans doute raison. Ils nous protègent, leurs bruits de crécelles nous couvrent. Le camp des Barbares n'est pas très loin. Nous sommes dans une carrière de pierres, nos lampes éclairent des parois sans fin, c'est une ruine imposante. Nous faisons une halte propice ici. Nous en profitons pour manger toutes les dattes volées dans l'armoire et aussi quelques morceaux de gingembre que notre père a apportés lundi dernier. Au nord les cabanes éclairées de la grande Fresnière et de la petite Fresnière. Au sud, les antennes de la Radio de la presse avec leurs lumières rouges, au bout, qui brillent sous le ciel étoilé. Nous continuons d'avancer vers l'est. Enfin, nous pourrons apercevoir, une fois sortis de cette immense caverne de pierres grises, le camp ennemi. On voit leurs machines mouvantes en couleurs.Il y en a trois. Elles sont posées dans trois angles différents, dos à la route, ce sont de gigantesques albums. Images vivantes dans la nuit. On ne craint pas ces subterfuges des Barbares. Au pied de ces trois écrans géants lumineux, on commence à distinguer les chars dans l'obscurité relative. Ils sont tous reliés par une petite machine à serpentins et les Barbares écoutent les diktats que diffusent les trois géants aux images mobiles et vraisemblables comme la vie elle-même Ce ciné-parc est un camouflage.

Je fonce. Je rampe. Je cours. Je m'arrête. Je repars. Je sors mon épée. Mario m'imite en tous points. Nous voici près de quelques chars. Des nuages intelligents sont venus voiler la lune. On dirait que la plupart des étoiles se sont éteintes. Les chars d'assaut ennemis brillent des reflets multicolores des écrans Dedans des figures patibulaires font des veilles abrutissantes, les yeux rivés sur les évangiles de leurs chefs, ils grignotent du pop-corn, muets, subjugués. Nous venons comme des voleurs. Les Barbares ne se doutent de rien. Les criquets collaborent de plus belle. C'est maintenant une cacophonie presque inquiétante. Un léger vent, venu de l'ouest, de nos domaines guerriers s'est levé ! Une poussière fait des sillages dans l'air éclairé devant les trois radars géants.

Il y a des chars absents dans certaines cases et nous allons écouter un moment les messages barbares dans les petits postes à serpentins électriques. Il faut se dépêcher. La marche pour nous rendre jusqu'ici a été longue et pleine d'embûches. Il doit être pas loin de minuit. J'explique le plan final à Mario qui salive de joie et de frayeur en même temps. Il s'agit de poser nos cordes à dynamite tout autour des pieds métalliques des trois façades mouvantes. Une fois nos ficelles reliées ensemble, bang ! Je lui fais voir ma poudre incendiaire. Il comprend vite qu'il se produira, en un éclair, un terrible court-circuitage des mastodontes à messages.

« Alors tu vas voir, ce sera la panique et toutes ces tortues blindées vont fuir à grande vitesse vers le refuge des Barbares au sud de notre campagne, loin. »

Mario en bave de plaisir, se met à dérouler sa pelote de ficelle en rampant au sol vers l'arrière du premier panneau-hurlant. Il me dit : « Après ça, ce sera Poitiers ? Ce sera la bataille finale, Clovis ? »

« Oui, mon petit Mario. Avec ou sans tome 7, ce sera la grande bataille pour envahir la France. » Et je rampe à mon tour dans la direction opposée vers le troisième géant lumineux. Un chien vient me flairer. Je ne bouge plus. Il a grogné un peu puis il est reparti. Une portière de l'un des chars barbares s'est ouverte et une grosse voix a dit : « Couché, couché. »Je rampe sur les coudes vers Mario. On doit se retrouver et joindre nos mèches juste derrière l'écran du centre du camp ennemi. Je le vois au loin qui rampe précautionneusement. Je suis fier de lui. Je voudrais pouvoir me redresser et crier à la face de tous ces Barbares :

Il est heureux. Il aime la nuit. Souvent je l'ai vu sortir sur le balcon du chalet, le soir tombé, et il regardait le ciel étoilé, la lune quand elle était là. Oui, il aime autant les nuits d'été que moi. Le calme inquiétant de la nuit, le silence impressionnant de la nuit, l'été.

Soudain, l'écran de gauche s'éteint. Je gueule : « Mario, ça y est, regarde, c'est commencé. Un géant a été dynamité. »

Aussitôt les chars s'affolent, allument leurs lanternes, remuent, deviennent criards, crachent des fumées, on raccroche les porte-voix et c'est la débandade.

Mario trépigne, saute, crie sa joie. Bang ! Un autre géant s'éteint. « Mario, ça marche, ça marche ! »

De nouveau, des chars qui remuent, qui reculent, qui avancent, qui vont vite rejoindre les autres qui fuient hors du camp par tous les sentiers de ce camp barbare. Des coups de trompe viennent ponctuer cet exode. Nous nous tenons derrière un petit vallonnement. Des éclairs de lumière nous atteignent, mais on ne prend pas garde à nous. Quand le dernier panneau saute c'est la foire, la cohue. Les lanternes électriques des Barbares balaient le camp en tous sens. C'est la fin, la déroute la plus humiliante jamais vécue par ces mécréants.

« Mario, notre mission est accomplie. C'est un succès parfait. Viens vite, on rentre. On a plus rien à faire ici. »

Nous galopons à toute vitesse. Nous retraversons la carrière de pierre. La rivière du Chêne, le ruisseau Croche. Puis nous trottons côte à côte. Des grenouilles nous saluent bien bas au passage et les criquets, nos amis, chantent un hymne de victoire. Mario est plus fier de lui que jamais.

« Je peux bien te le dire maintenant, Clovis. J'ai eu peur. Oui, une frousse terrible. Il y en avait tant. Si on s'était fait prendre hein, hein ? »

« Bien, vraiment, ça aurait été effrayant. Mais Allah et Gabriel veillent sur nous. Les Barbares nous auraient jetés dans leurs cachots, en ville. Mais Gabriel, mon ange, serait venu, oui, Mario, le ciel est avec nous, ne l'oublie jamais. Nous ne pouvons pas perdre cette guerre à la fin. »

Nous parvenons, après bien des difficultés, des chutes, il fait si noir dans certains boisés, à la hauteur de notre camp. Mais je coupe vers la montée de la Baie.

« Clovis, si on allait passer une partie de la nuit dans notre tour sous les pins ? Hein ? On pourrait vider au moins une ou deux boîtes de céréales, pas vrai ? Ça nous avancerait pour le tome 8. Okay, on y va ? »

Je ne sais trop comment lui expliquer. Devrais-je lui rappeler ce que nous a dit l'étranger aux cheveux gris, qu'il y a des ombres inquiétantes qui rôdent dans les dunes de sable la nuit venue ? « Mario, notre campement, le jour, est bien à nous. Mais la nuit, c'est bien différent. C'est un lieu transformé. Il y a des couples d'amoureux qui s'y promènent. Il y a aussi souvent des individus louches. Tu sais comment est mort l'orphelin du gars aux cheveux gris ? Non, la nuit, il faut laisser les buttes aux autres. C'est la loi de la vie ça, Mario. Nous, nous y régnons le jour seulement. »

Mario baisse la tête ! Je sens qu'il n'est pas satisfait de mes explications. Quand je lui parle d'une réalité, on dirait que le sens de mes propos lui échappe. Et il préfère n'en plus parler.

En faisant le moins de bruit possible, on sort la grande échelle de papa remisée sous le chalet, on l'appuie sur le balcon de l'étage. En silence, on y grimpe. Mario se jette sur son lit. Il est essoufflé. On n'était jamais allés si loin. Il va se rappeler cet été-ci. Et je me couche aussi. La lune éclaire les rideaux. Je me demande comment je parviendrai à lui expliquer que c'est mon dernier été. Qu'on me recommande de tous côtés de vieillir. Qu'il faudra que je lui passe le pouvoir, qu'il devra prendre la relève. Les autres l'écouteront-ils ? Quand je ne serai plus là, quand je serai dans une usine de la ville ou dans une manufacture quelconque, lui, ici, sans moi, saura-t-il reconstituer les histoires de nos tomes d'encyclopédie ? Et est-ce qu'on lui obéira ? Je m'endors et je sais que cette nuit me vieillira d'une nuit.

Soudain Mario, parle-t-il en dormant ? me dit mollement : « Clovis, tu resteras toujours avec moi l'été, hein ? » « Mais oui. Mais oui. »

Il semble dormir pourtant. Il parle encore plus mollement : « La prochaine fois, ce sera où la bataille, le prochain combat ? » « On va faire une percée vers l'ouest. Oui, on va aller à l'ouest. Et dès demain, Mario, dès demain matin. » « Vers la montagne, Clovis ? » Il a rouvert les yeux « Eh oui, Mario, pour atteindre Poitiers, il va falloir les traverser ces montagnes-là et une fois pour toutes. » « J'ai hâte. » Et il s'endort vraiment.

Je songe, seul dans ma nuit, au col de Roncevaux, au col de Belate, à l'ouest, au col de Perthus à l'est... oui, venant de Barcelone conquise, ce sera celui de Belate, au centre des Pyrénées. Allah Akbar !

J'entends arriver le camion des Proux. Il stationne près du chalet. J'écoute rire et roucouler Myrielle, ma sœur, qui doit encore se faire embrasser par Roger Proux, son cavalier.

VIII

1. « Il va falloir le faire transporter en ville. C'est l'hôpital et c'est urgent. » Ma mère regarde la garde Groux, une infirmière boulotte aux cheveux gris qui s'y connaît pour diagnostiquer les maux de ventre.

Mes sœurs, entourant ma couchette, me regardent avec des airs de fin du monde. « L'hôpital ? » Mario en a les yeux mouillés. « Pas l'hôpital ? » « Je l'affirme ! » répète la garde Groux. La petite Reine avance : « Vous lui faites lever des poids trop lourds aussi et tout ce bois qu'il coupe pour le vieux poêle. » Maman lui fait des gros yeux et dit : « Dieu seul sait ce qu'ils font dans les buttes de sable à cœur de jour. » Mario proteste : « On lève rien, on galope et on se bat, c'est tout. » Nicolette ajoute : « Ces cabanes juchées dans les sapins, hein ? Maman, si tu les voyais, ils sont toujours à grimper à des centaines de pieds dans les airs. » « Tu nous espionnes, hein, Nicolette ? » lance un Mario en colère.

Le taxi Johannou est arrivé en vitesse. J'ai peur. Il y a longtemps que je sentais des crampes du côté droit du ventre, mais je ne suis pas plaignard. J'entends maman qui murmure à la garde Groux en se préparant à m'accompagner : « S'il ne se rongeait pas les ongles jusqu'au sang aussi ! »

Lucia va garder la maisonnée. C'est un événement. Mario a réuni sa bande, les jeunes entourent le taxi, le petit Kouri est là, Carbonneau, le grand Saint-André, Saint-Onge, Ramona qui a les yeux embués de larmes. Étendu sur le siège arrière de la vieille limousine noire de Johannou, je dis : « Je vais revenir, ça sera pas long, vous allez voir. Suspendez les opérations et gardez le camp en bon ordre. » Le gros monsieur Johannou a posé un mouchoir blanc sur son antenne de radio et il y a peint une croix en rouge avec un bâton de rouge à lèvres prêté par Myrielle. « Comme ça, je vais pouvoir faire un peu de vitesse, madame Jhie. » Maman a le front couvert de rides. Elle monte dans la voiture aux côtés du conducteur, elle regarde l'infirmière une dernière fois : « Vous croyez ? L'appendicite ? » La grosse garde-malade dit : « Une péritonite, j'en mettrais ma main au feu. Dépêchez-vous, l'hôpital Sainte-Justine c'est pas à la porte. Vite ! »

Nous roulons depuis presque une heure maintenant. Je ne me plains plus ! On dirait que je rêve. Monsieur Johannou conduit à toute vitesse. Il semble amusé de brûler les feux rouges de la circulation, rue Saint-Denis. Je ne vois guère que le ciel, couché sur mon siège, les poteaux de téléphone, les fils électriques. « On passe devant la maison, Clovis ! » dit maman. Je ne dis rien, je ne vois rien. Je suis comme pris dans un film qui m'est étranger. Comme, arrivé chez un dentiste, on n'a plus mal aux dents, je n'ai plus mal au ventre. Je n'ai plus de ventre d'ailleurs, je ne sens ni mes jambes, ni mes bras, ni rien. C'est comme si je n'existais pas physiquement. C'est étrange ! il y avait si longtemps que je n'avais pas été malade. Il y avait eu mes crises d'asthme, cette bronchite chronique de mes dix ans, mais depuis que nous passions nos étés â la campagne, plus rien ! Et il fallait cette crise aiguë d'appendicite. Au beau milieu des vacances !

Il y a des bouts qui m'échappent complètement. Je ne suis plus dans la vieille limousine-taxi, mais dans un hall spacieux. Il y a du marbre partout. Soudain je suis en jaquette dans une chambrette, et puis sur une civière et on me fait rouler dans un couloir interminable. Un abbé dodu, en soutane toute blanche, se penche sur moi près des ascenseurs. « Voulez-vous vous confesser, mon enfant ? » Je murmure. « Non, non, c'est fait ! » J'ai peur. Pourquoi ce prêtre ? Est-ce que je vais mourir ?

Soudain je vois maman qui se penche et qui m'embrasse. Puis je ne vois plus personne. Que des mains, des avant-bras, une grosse lumière. Des visages masqués. Des yeux qui ne regardent que le bas de mon ventre, ma jaquette qui a été relevée. Et puis on me pose sur le visage un morceau de caoutchouc froid. Je ferme les yeux.

Je ne sais ce qui se passe. Je vois des gens en sarraus blancs qui se penchent sur mon corps. Soudain, je regarde au-dessus de la porte par un vasistas et je peux apercevoir, à vol d'oiseau, Mario qui monte la garde avec les autres dans la pinède de la sablière. Derrière moi, je sens comme un vent chaud et je me retourne. Il n'y a qu'une sorte de nuée de lumière jaunâtre qui s'avive à m'en aveugler. Je décèle une forme floue. Je voudrais toucher cette lumière bienfaisante. Tout autour de moi des écrans comme ceux du ciné-parc de l'autre nuit. Je vois des images qui clignotent à grande vitesse. J'aperçois les buttes de sable. Notre guerre des Iroquois, mes jeux de cow-boys, Mario rajeuni, moi aussi. Le petit carré de sable du parc Jarry quand j'ai dix ans et Mario, cinq. On joue. Nos batailles sont reconstituées, été après été. Je ne peux tout voir, ça va trop vite. Je suis soudain empli d'un sentiment d'étrange bien-être. Est-ce que le grand Mahomet va m'apparaître, Allah lui-même ou Jésus ?

La lumière à mes côtés semble m'envahir, j'écoute son message : « Prends bien soin de Mario, ton petit frère, il a encore besoin de toi. » Et tout s'éteint. Je revois les gens vêtus d'uniformes blancs. Je me rendors.

2. Elle a un doux visage, de beaux cheveux bruns, elle est grande et mince. Elle me tourne mon oreiller avec des gestes d'une douceur rare.

« Bonjour ! Je suis votre infirmière de nuit. Je me nomme Yvette Dubé. Ne bougez pas trop. On vous a mis des mèches Tout va bien aller maintenant. » Elle s'en va. Sa démarche est immatérielle.

Je me trouve chanceux. Le lendemain, j'ai hâte que la journée passe. La garde Lemay est sans façon, mécanique, dévouée mais distante. Je guette le retour de garde Dubé. Je n'aime que les soirs à Sainte-Justine. Maman est venue me voir, les cheveux dans le visage.

« Si tu avais vu la maison en ville, mon pauvre Clovis, que ton père est sans allure pour la propreté. Il a fallu que je lave de la vaisselle durant deux heures. Les tasses à café étaient collées partout sur le comptoir et dans les deux éviers ! Quel désordre partout ! »

« Est-ce qu'il a retapissé notre chambre à Mario et à moi ? » « Oui, c'est fait. Pas très bien fait mais c'est fait. Tu n'as plus mal au ventre ? Il était temps, tu sais. Le chirurgien Favreau a dit à notre médecin de famille, le docteur Richer, qu'une heure ou deux de retard et ta péritonite aurait pu être fatale. » Je l'écoute sans l'écouter. Je n'ose lui parler de la beauté de la garde Dubé. Elle ne comprendrait pas que son garçon de quinze ans puisse ainsi s'amouracher à la folie d'une vieille infirmière qui a peut-être vingt-cinq ans ! J'espère en secret qu'elle n'a que vingt ans. Il n'y aurait plus qu'une petite différence de cinq ans ! Je lui demanderai son âge ce soir. J'ose espérer qu'un jour, un peu plus tard, elle acceptera qu'on se rencontre, en septembre par exemple, à la rentrée scolaire. Je ne ferai pas un curé. C'est final, j'ai pris ma décision. Je quitterai le collège des Sulpiciens. Je me ferai embaucher comme journaliste. J'irai chercher les cafés au début. Je suis assez fort en composition pour espérer qu'on me confiera la rédaction de petits articles assez tôt. Je ferai les « chiens écrasés » comme monsieur Losier qui a encore moins d'instruction que moi et qui est reporter de nuit à *Dimanche-Matin*.

Maman m'a expliqué qu'elle devait repartir pour le chalet. La tante Maria et sa fille Madeleine veilleraient sur moi. Elle m'assure aussi que papa viendra faire une petite visite tous les deux soirs. Il fermera son magasin durant une heure. Elle m'embrasse et s'en va. Dehors, il tombe une pluie effroyable. Les vitres de la chambre sont lavées à torrents. Je pleure soudain. Je ne sais trop pourquoi. Une détente nerveuse sans doute. Je pleure comme une fontaine. Soudain j'entends un rideau qui glisse et puis un garçon s'approche de mon lit, il a les cheveux raides sur la tête, il a l'air d'un soldat grec coiffé de son casque à plumeau comme dans les illustrations de mon encyclopédie sur les guerres, le tome 4.

« Pourquoi que tu pleures ? » Il me regarde avec sa petite bouche ronde, ses lèvres minces, sa petite tête très ronde. « Je suis dans le lit voisin » Je n'avais pas remarqué. « Je suis ici depuis six mois, moi ! » J'ai peur de rester ici si longtemps. Je lui ai dit : « Appendicite toi aussi ? » « Non. Ils savent pas trop ce que j'ai. Ils m'examinent. Ils me rouvrent, me referment. Ça me fait plus rien. C'est mes intestins qui veulent pas fonctionner comme il faut. Un mystère. » Il sourit. « Je me nomme Delfosse. André Delfosse. » Il va se recoucher et se redresse sur son coude. Il est maigre à faire peur. « Je pleurais parce que j'ai laissé beaucoup d'amis là-bas, à la campagne. » Il se couche et fixe le plafond. « Moi j'ai plus d'amis. Plus personne. Ils sont venus les deux premiers mois, puis après, ben, fitt ! Plus personne. Les gars, tu le sais, aiment pas trop ça l'atmosphère des hôpitaux. Quel âge que t'as, toi ? » Je mens. « J'ai seize ans, dix-sept bientôt. » « Moi j'ai quinze ans mais je suis comme un vieux de vingt ans, tu demanderas à garde Lemay, des fois en discutant avec moi, elle dit que j'en sais plus long qu'elle. » Je vois un tas de journaux et de magazines sur une table près de son lit. Il a vu mon regard : « Je lis tout sur l'actualité. » Je risque. « Moi ce que j'aime c'est les guerres. Les batailles historiques. » Il me fait la grimace et je me détourne. Je l'entends qui continue à me parler mais je n'écoute guère. Je saisis des bribes : « C'était les timbres au début. Mais je me suis vite aperçu que la philatélie ça pouvait coûter très cher. Des fortunes tu sais. »

Je pense à Mario ! Combien de jours vais-je rester ici sur le dos ? Je le demanderai à ma belle infirmière brune, Yvette, après le souper. Delfosse, le désossé, parle toujours.

« Si tu aimes l'histoire c'est que tu dois être fort là-dedans à l'école ? Moi, j'étais zéro en histoire. Ça m'ennuyait. C'était toujours des combats, du sang, des morts. De la violence. Je me suis tourné vers les sciences naturelles, tu vois. Les plantes, les fleurs surtout. Je te montrerai mes cahiers d'herboriste si tu veux. »

Je songe à Ramona. Pour la première fois, je prends conscience qu'elle aussi a les cheveux bruns et longs avec une jolie frange sur le front qui lui cache presque les yeux qu'elle a d'un beau vert. Elle ressemble à Yvette Dubé au fond ! Je me promets de mieux la regarder quand je retournerai au chalet. André Delfosse parle toujours.

« J'ai eu aussi, c'était après ma crise de philatélie, une époque où je rêvais d'aller vivre dans la nature, vivre de pêche et de chasse, mais j'avais pas la santé. J'ai bifurqué vers les fleurs, tu comprends ? N'empêche que je rêvais de pouvoir m'acheter un chien de chasse. Je m'étais documenté, je savais tout sur les chiens, tu sais, le Labrador, jaune ou noir, le griffon Korthals, le Chesapeake, le Springer, un chien d'une grande intelligence, il paraît. J'avais un faible pour le Braque allemand, mais j'ai appris que malgré sa beauté il était pas fameux. Je m'étais tourné vers le Beagle, c'était le moins cher mais je trouvais que ces chiens avaient l'air de chiens bâtards. À la fin de mes recherches, c'était l'Epagneul, le chien de mes rêves. Puis je suis tombé tellement malade, ça a été l'hospitalisation. »

Je m'imagine l'abri souterrain dans la sablière. Quand il pleut trop fort, l'eau s'inflitre. Je n'ai pas eu le temps de retirer de cette fosse les drapeaux nouveaux confectionnés par Ramona. Delfosse parle un peu plus fort et me sort de ma jonglerie dans l'espace.

« Vu que je sais pas quand je sortirai d'ici, je me suis fait un vague plan. Dans quelques semaines, je vais me jeter dans l'ornithologie, c'est passionnant, tu sais, le monde des oiseaux. Puis ce sera les papillons, les poissons. Je veux en arriver à devenir un véritable puits de science dans tous ces domaines quand je sortirai d'ici. »

Il se redresse et me dit plus bas : « Penses-tu que je sortirai un bon jour ? Je passerai pas ma vie sur un lit d'hôpital, hen ? » Je le regarde, muet d'étonnement. Il ajoute : « J'ai vu tout de suite que la garde de nuit avait un faible pour toi, ça fait que tu peux me rendre service. J'aimerais autant être fixé tu sais. Tu lui demanderas si je vais guérir un jour ! Ou jamais ? Tu vas lui demander ? À toi, elle te le dira je pense bien. »

Je risque : « Personne passe toute sa vie dans un hôpital, André. » « Oui, il y en a. Oui, il y en a. Je l'ai su. Il y a des incurables. Ça existe. Je te jure que ça existe ! » Il pleure tout doucement, sans bruit, sans secousses. Ses larmes inondent ses joues. Je voudrais me voir ailleurs. Comme pour le consoler, je lui dis :

« Tu sais, mon vieux, pour moi, c'est fini, fini le temps des batailles, le temps des guerres. Fini. C'est de fait mon dernier été. Je devrai aller travailler durant mes prochaines vacances. Je suis devenu trop vieux pour continuer mes organisations historiques, là-bas, sur les guerres de civilisation. C'est fini à jamais pour moi. »

Il me regarde en silence un long moment, puis il me dit :

« Es-tu cadet dans l'armée ? Dans l'aviation ? »

« Non, non ! J'aime pas la discipline, les ordres à suivre. Là-bas, dans notre territoire, c'est moi qui commande ! »

Il semble intéressé et s'assoit en se prenant les jambes dans ses bras : « Tu commandes à qui et c'est où ça votre territoire ? »

Je n'ajoute plus rien ! Il ne comprendrait peut-être pas davantage que mes parents cette reconstitution là-bas dans la sablière de Calumet. La pluie ne cesse pas. La garde Lemay entre. Je fais mine de dormir. Elle va parler à Delfosse. Elle lui fait prendre un lot de médicaments, lui fait une piqûre et il ne dit pas un mot. Pas un cri, pas même un soupir. Il est habitué, je suppose.

3. Chaque soir, je guette la première visite de l'infirmière Yvette. Elle sent bon et j'aime sa voix. Si douce. Sa bouche fait des dessins splendides quand elle parle. Je suis fou de ses longues mains. Le moindre de ses touchers me met en fièvre. Un doigt sur mon front, sur mes tempes, sur une joue, et mon cœur bat plus vite ! Je rêve à elle. Je ne vis plus que pour attendre son retour, la nuit venue. Je tente le plus que je peux de dormir le jour pour rester éveillé la nuit. Je sonne souvent. Elle s'impatiente à peine. Elle a compris, je suis sûr qu'elle sait. Elle a deviné mon amour brûlant pour elle. Sa voix est encore plus douce quand André Delfosse s'est endormi.

L'autre nuit, elle s'est penchée sur moi parce que je lui avais dit que mon drap faisait un pli épais.

Le haut de son uniforme était dégrafé et j'ai pu voir la naissance de sa poitrine. Les yeux m'ont brûlé. J'aurais voulu lui sauter au cou, la faire s'étendre près de moi, embrasser son beau visage, ses doux cheveux, ce cou si long et si fin. Hélas, elle se penche chaque fois en vitesse, elle refait mon lit défait en quelques instants et se redresse pour m'adresser un de ses sourires subjuguants qui me font frissonner de la tête aux pieds.

Je peux bien me l'avouer. Je suis fou d'Yvette Dubé. Je suis hypnotisé. Complètement envoûté par cette belle femme.

4. J'ai osé lui demander pour Delfosse. Yvette n'a pas répondu tout de suite. Elle est allée d'abord bien vérifier s'il dormait profondément. Puis elle est revenue près de mon lit, m'a regardé longuement et m'a dit tout bas « Il va sortir pas longtemps après toi. Dans cinq ou six jours, quoi. » Puis elle s'est penchée vers moi pour plus de discrétion : « Il ne reviendra pas, tu sais. Il est condamné. Aussi bien qu'il aille mourir chez lui ! Pas vrai ? »

J'ai vu ses yeux se mouiller légèrement. Ils brillaient dans la lumière orange de mes veilleuses. J'ai senti mon cœur devenir lourd, moi aussi. J'ai pris d'instinct la main d'Yvette. Elle n'a pas bougé. J'avais envie de pleurer pour André et en même temps, de sourire à cause du bien-être qui m'envahissait de pouvoir caresser cette main si douce, si délicate, si finement dessinée. Puis Yvette a mis son autre main sur ma poitrine, puis sur mon ventre, doucement, tout doucement. Je retenais ma respiration. J'aurais voulu crier de joie. Elle m'a murmuré : « Tu n'as plus mal du tout ? »

Je lui ai fait signe que non. J'aurais voulu qu'elle me caresse partout Je me sentais devenir un enfant, un bébé. Yvette était une mère et une amoureuse aussi, je ne savais plus. Je n'osais rien faire et pourtant je sentais désespérément que le moment était venu de faire avancer cet amour secret que j'éprouvais pour elle. Mais qu'est ce que je savais de l'amour ? Rien. Je prenais conscience de n'être qu'un grand gamin bien élevé, un niais, un innocent. Je voulais que ses mains restent collées sur moi pour l'éternité, pour le reste de ma vie. Elle a pris mon oreiller, l'a battu doucement, l'a remis doucement sous ma tête en furie et s'est penchée une dernière fois vers moi, m'a donné un baiser léger, léger, sur le front et a disparu hors de ma chambre comme un songe féerique s'éteint soudainement à la dernière image d'un film de Walt Disney. Je me suis vite réfugié dans le sommeil, espérant la retrouver dans un grand lit de fougères, dans un boisé lumineux. Mais non. Cette nuit-là, j'ai eu affaire à des dragons chinois impétueux qu'il m'a fallu trancher toute la nuit, tel un boucher face à une cargaison de mortadelle. Le méchant cauchemar !

5. Ce matin, André est debout dans la fenêtre. La lumière ensoleillée traversait sa jaquette translucide et il me semble qu'il ne doit pas peser plus qu'un oreiller de plumes. Un petit paquet d'os. Presque un squelette !

« Tu n'as pas le droit de te lever, André ? » Il se retourne et il a les yeux rougis.

« Tu as pleuré, toi ? Non ? »

Il ne dit rien. Il me fixe étrangement. Son regard est si grave qu'il me fait peur. « Couche-toi, la garde

Lemay peut arriver d'un moment à l'autre, ou le petit dejeuner. » Il marche vers mon lit sans parler. « Qu'est-ce qui ne va pas ce matin, André ? »

Il me regarde en silence. Puis il s'en retourne vers son placard. Il sort son grand sac à poignée de cuir. Il sort son linge et commence à s'habiller.

« Tu t'en vas ? Tu as reçu ton congé ? » Il se retourne. « J'ai entendu ce qu'elle te disait hier soir, la belle Yvette. Je faisais semblant de dormir » On dirait qu'un tam-tam bat soudain dans mes oreilles.

Je ne sais plus quoi dire. Je le regarde qui endosse son petit gilet à rayures verticales qui le fait paraître encore plus squelettique. « Écoute, André, elle est pas docteur. Des ragots de corridors peut-être. » Il me jette un maigre sourire. « Aussi bien m'en aller maintenant. »

Il me donne ses cahiers de notes sur les plantes. Et même ses albums de collections de fleurs. Je refuse, mais il insiste. « Ça sert plus à rien. Je me rendrai pas aux papillons, aux poissons, pas même aux oiseaux. »

Je ne sais plus quoi dire. Je refuse d'appeler la garde Lemay. J'en ai pas confiance. Elle est trop froide, trop efficace. Elle lui dirait des brutalités sans le savoir. Si Yvette était là, elle saurait trouver les mots. Moi, je ne suis qu'un petit guerrier pour rire. Je ne sais pas comment faire, comment consoler, quoi dire à un gars de mon âge qui s'en va mourir chez lui. Je fais une tentative.

« Écoute, André, si tu veux, j'arrange ça avec ma mère. Tu restes ici et lundi prochain, tu sors en même temps que moi. Je t'emmènerai à la campagne. Le grand air du lac te fera du bien. Mon père accepte-ra, je suis sûr de ça. Je te ferai visiter notre campement. Tu vas voir, c'est une sorte de guerre que tu vas aimer. Il n'y a pas trop de violence, plutôt de la stratégie, de la tactique, tu vas voir ! Je te ferai découvrir tout un monde, celui de l'Islam. Tu verras comme c'est beau. On est en train de décorer l'Europe. Sous peu, très bientôt, quand je tiendrai mon tome 7 de mon encyclopédie, ce sera la grande bataille de Poitiers en France. Je ne sais pas encore comment ça s'est terminé, mais je suis certain que ça doit être tout un combat. »

André Delfosse, le maigrelet rachitique, me jette un regard pas moins abattu.

« Tu sais qu'il m'est défendu de m'énerver, de courir, de me batailler ? Je suis pas un gars comme les autres, Clovis. Tu le sais pas encore ? »

Je vais vers lui pendant qu'il met ses bas et ses sandales d'été : « Bien. Très bien. Tu resteras dans notre tour. Tu seras une sentinelle, le chef des sentinelles. »

Je tente de lui enlever un de ses souliers. Il me regarde en souriant. « Laisse-moi partir. Je te demande juste de te rappeler de moi quelquefois, tiens quand tu verras des fleurs. Ou un oiseau rare. Okay ? »

6. La garde Lemay m'explique qu'André a été envoyé dans un sanatorium, qu'un spécialiste venu de Boston va tenter l'impossible, que ce médecin est le plus grand savant en recherche sur cette question. Qu'il a fallu, là-bas, attacher André à son lit durant soixante-douze heures, avant qu'il promette de ne plus tenter de s'enfuir.

De mon côté, j'ai fait jurer à papa d'acheter un livre sur les oiseaux et de l'expédier à l'adresse d'André. Mon père est quand même un homme de parole. Il le fera.

Je me suis fait une raison quant au fait de ne plus revoir la garde Dubé. Il me reste deux nuits à veiller avec elle qui viendra à chaque fois que j'aurai l'imagination de trouver un prétexte à actionner ma sonnette à la tête du lit. Deux autres soirées seulement. Il faut que je trouve l'audace de lui demander son adresse. Il ne faut pas que je sois ridicule. Il faut qu'elle me prenne au sérieux. Ah ! que je regrette d'être si jeune ! Je ne sais pas ce que je donnerais pour avoir cinq ans de plus. Avoir vingt ans au moins. Hier soir, en me caressant le menton, elle m'a dit : « Tu vas devoir te raser très bientôt, mon beau Clovis. » J'espère.

Une vieille infirmière de trente-cinq ans au moins entre soudain dans ma chambre. Elle est blonde. Elle a les yeux brun très foncé.

« Bonsoir ! Je suis la nouvelle infirmière de l'étage ! » Je sursaute mon cœur bat à se rompre Je marmonne en m'empêtrant :

« Mais... que, pourtant, je savais pas... il faut... Où est mademoiselle Dubé ? » J'ai peur. J'irai courir sur tous les étages, en me tenant le ventre cicatrisé, je fouillerai tous les couloirs de Sainte-Justine. Elle finit enfin par me répondre, cette grande blonde. « Yvette m'a bien dit de prendre grand soin de vous, monsieur Jhie. Elle vous fait dire « adieu » et de vous en remettre à moi pour tous les petits soins. » Elle me sourit en me montrant de longues dents d'un blanc aveuglant. Je m'enfonce le visage dans mon oreiller. Je voudrais pleurer et je n'y arrive pas. Le choc est trop inattendu. Je crois que je vais m'évanouir. La grande blonde aux longs cils qui battent nerveusement s'assoit sur mon lit et me caresse la nuque. « Voyons, vous allez voir, je suis aussi experte que la garde Dubé. C'est moi qui l'ai initiée ici à Sainte-Justine. » Je me redresse un peu.

« Dans quelle section est-elle rendue, sur quel étage ? » Elle garde le silence. « Dites-moi pas que... » Elle me fait signe affirmativement.

« Elle venait de loin, vous savez. De la baie des Chaleurs. Elle a obtenu une place à l'hôpital de Gaspé. »

Je m'enfonce de nouveau dans l'oreiller. Gaspé ! Gaspé ! Mon Dieu, c'est à l'autre bout du monde. Au bord de l'Atlantique. Jamais plus je ne la reverrai. Elle ne m'a rien laissé. Pas une photo. Rien. La blonde se relève et s'en va. Dans la porte ouverte, elle me dit :

« Vous pourriez lui écrire un petit mot à cet hôpital là-bas. Le courrier se rend jusque là, vous savez. Et demain, vous aurez un nouveau voisin. Un garçon très intelligent à ce qu'on m'a dit. Un sportif. Un champion au hockey, dit-on. »

Je ne veux pas connaître le champion. Je ne lui parle pas. Je soigne ma douleur. J'ai maintenant deux plaies a faire cicatriser. Une grave sur le cœur et une banale sur le ventre. Je me suis renfermé comme un bernard-l'ermite. Je vis dans ma coquille. J'ai dit au docteur Favreau que je me sentais parfaitement rétabli. Je l'ai dit à papa, à tante Maria, à la cousine Madeleine. Je m'efforce de tout manger ce qu'on m'apporte. Je ne souhaite plus qu'une chose. Sortir de cet hôpital au plus vite, alors que du temps d'Yvette Dubé, j'en étais arrivé à souhaiter ne plus jamais guérir, à m'imaginer que ma plaie au ventre ne se refermerait plus. Je comptais les jours, les heures avec appréhension.

C'est fini la beauté d'Yvette. C'est bien fini ces gestes discrets d'un amour inavouable. Elle a eu peur, que je me dis. Elle aussi m'aimait en secret. Roméo et Juliette. L'âge nous séparait cruellement. Elle a préféré fuir. Elle a sans doute raison. Une fois dehors, je lui écrirai une longue lettre d'amour. J'irai là-bas sur la côte, en Gaspésie. Je deviendrai annonceur de radio, le professeur Grand'Maison m'a dit que j'avais une voix très radiophonique. Nous vivrons cachés au bord de la mer, nous vivrons un amour terrible à la Tristan et Iseult. Ce sera dans une cabane de bois rond, sur un récif escarpé, loin des commères, sur un petit cap rempli d'oiseaux. Nous vivrons une aventure singulière et unique, à la façon de cette pauvre Marguerite de Roberval abandonnée sur son île au Démon, avec son amant maudit !

« Ça va très bien ! Vous allez pouvoir aller en convalescence à la campagne, dans votre famille. Vous sortez demain. » me dit le docteur. Je ne dis rien. Je ne parle plus Je suis surpris. Je ne comprends pas ce qui m'est arrivé ici durant ce séjour d'une douzaine de jours. Je suis changé. Je ne pense plus tellement à la belle infirmière disparue. De plus en plus, c'est le visage de Ramona qui vient hanter mes jongleries Demain papa sera ici avec ma petite valise de carton gris.

126

IX

1. En arrivant au bord de la plage, face au lac, je suis comme aveuglé. Il me semble que j'ai été parti des mois. Toute une année même. J'ai terriblement vieilli. Cette peine d'amour immense m'a rendu à l'âge adulte d'un bond. Je n'oublierai de ma vie les yeux, la chevelure, le cou, la taille de garde Dubé. Ma mère me soigne. Elle est aux petits soins. Elle a engagé Roland Proux, le soupirant de Myrielle, pour couper le bois de chauffage. Je suis traité en roi. Mario en est réduit à jouer avec sa collection de camions dans le sable mouillé du bord de l'eau. Je suis installé dans la grosse chaise de bois, jambes étendues.

« Vous savez que ça n'a pas été rien qu'une petite affaire, madame Cousineau. Ils vous l'ont fendu long comme ça. » Maman a un geste du pouce et de l'index écarté. « Clovis, montre ta cicatrice à madame Cousineau, s'il te plaît. » Pour la vingtième fois, depuis ce matin, je relève ma chemisette bleue et je fais voir ma cicatrice sur le ventre. Chaque fois, Mario se relève et court la voir de nouveau. Il n'en revient pas. « Mon Dieu, c'est pas des farces une appendicite, hein ? » s'exclame de compassion la voisine. Elle est très sensible. Je trône. Je me pavane. J'en profite. Je me fais servir. Toutes mes sœurs sont devenues un peu mes servantes. J'en rajoute quand le service semble se ramollir.

2. Un bon midi, Myrielle revient du bureau de poste en courant. Elle a un sac brun qui m'est adressé. Mario saute de joie. « On va savoir comment ça s'est terminé en France, les Arabes à Poitiers. » J'ouvre le colis avec empressement. C'est le tome 8. « Mario ! c'est le 8 ! C'est pas le 7 ! » Mario n'en revient pas ! Il m'arrache l'encyclopédie et la feuillette à toute vitesse. « Il n'y a plus d'Arabes, Clovis, regarde, c'est des Chinois, je pense. » Je me demande comment il se fait que la compagnie de céréales a pu commettre une telle erreur et sauter par-dessus le tome 7. Je pagine un peu le tome 8. « Mario ils sont rendus plus loin dans le temps. C'est l'invasion par les Mongols. La civilisation des steppes. » Il est tout retourné. Il en pleurerait. Maman s'approche avec une bouteille de lotion contre les coups de soleil pour Nicolette. « Écoute, Clovis, tome 8 ou tome 7, j'espère que c'est fini ces excursions de guerre dans la sablière pis au diable vauvert, hein ? » « Non, non non, gueule Mario, il nous reste la bataille finale. Contre le roi Charles. Charles Martel. » Ma mère regarde Mario, surprise du peu qu'il sait que je lui ai appris. « Écoutez, mes enfants, l'été s'achève là, oui ? » Mario réplique. « Il reste encore presque trois semaines, non ? » Je vois bien qu'il va falloir que je termine ce que j'ai commencé. Sinon Mario sera extrê-mement déçu. Pourtant, je me sens comme moins intéressé par ces reconstitutions historiques. Puisque j'ai le droit à une promenade par jour, j'avais l'idée de marcher jusque chez les Primault, pour voir Ramona. Elle ne sait pas que je suis revenu de l'hôpital. J'ai changé. J'ai vieilli. Mario ne peut pas deviner ce qui m'est arrivé là-bas à Sainte-Justine. Cette épreuve, cette histoire d'amour qui s'est terminée si bêtement. Maman s'éloigne en haussant les épaules et en murmurant : « Tu vieilliras donc jamais, mon pauvre petit gars. » Mario me regarde, je lui dis : « T'en fais pas, d'ici quelques jours, on va poursuivre, on va reprendre tout ça là où nous en étions. » Il me sourit et retourne à ses camions. Il y a de grosses vagues à l'horizon. Des yachts se balancent et nous font comme de grands saluts de béliers tout blancs. Le vent secoue les deux gros saules du rivage. La grève est jonchée de branches. C'est un temps comme j'aime. Violent. Déchaîné.

3. « Mario, écoute-moi bien, je ne pourrai plus galoper a cheval comme avant, à cause de ma cicatrice, mais dès demain, on retourne au combat. » Il s'est levé de son lit d'un bond et est allé tout de suite fouiller dans notre placard. Il sort les épées, les dagues, le fanal, son arc et ses flèches, sa cagoule, sa boussole, son gros canif à six lames. « Je t'ouvrirai le chemin, Clovis, toi, tu n'auras qu'à me dire dans quelle direction il faut attaquer, tu resteras à dos d'éléphant ou de chameau. J'aurai ton fameux petit cheval si rapide ! » Il est content. Il jette toutes ses armes dans son lit et se jette dessus, se fait un petit espace, se pelote en boule et se prépare à rêver. Pour lui, la vraie vie va enfin reprendre son cours normal.

« Cette fois, c'est sérieux, ce sera la bataille finale. On fonce vers le nord-ouest, mon petit Mario. »

Il marmonne, heureux, souriant : « On va aller jusqu'à la montagne ? »

4. Tout est là ! Rien n'a changé. La tour est pleine de dizaines de beaux fanions multicolores. Les boîtes de Corn Flakes sont toujours alignées. Le soleil de deux heures est à notre rendez-vous, les amis sont tous là. Le petit Kouri demande à voir ma cicatrice. Je refuse. Le gros Godon insiste. Le petit Carbonneau aussi. Saint-Onge et Saint-André y tiennent. « Bon, okay, pour la dernière fois, vous allez la voir. Regardez-la bien et qu'on n'en parle plus. Ce n'est pas si grave après tout. » Ils se sont approchés et l'ont regardée. Je me sens un peu comme un valeureux vétéran de retour du front le plus périlleux. Je pousse le grand cri du ralliement coranique : « Allahou Akbar ! » Mario gueule : « En selle, tout le monde, Clovis est avec nous ! » Immédiatement je pique vers le nord-ouest. Nous traversons la montée de la Baie. Nous dépassons le territoire des Merleau. Nous piquons droit vers la forêt du domaine des Desjardins. Les bouleaux sont rares par ici. Il y a surtout des érables, du hêtre, des chênes énormes, quelques ormes. Ce n'est pas long qu'il faut attaquer quelques hordes d'infidèles, des barbares incroyants. Nous n'en faisons qu'une bouchée. La caravane de guerre se remet en campagne aussitôt les prisonniers groupés en arrière dans un camp rapidement constitué. Le ruisseau de La Trappe nous apparaît. Deux tortues géantes sortent de l'eau traînant leur carapace misérablement. Maintenant, nous traversons une petite prairie. C'est la halte.

« Il faut manger un peu pour nous donner des forces. » Tous ramassent les fraises sauvages dans ce sol sableux. Elles sont ragoûtantes. Vite nous avons les doigts comme ensanglantés du jus de ces fruits. Pas loin, un terrain recouvert de pâquerettes. Le souvenir du maigre Delfosse me frappe la mémoire aussitôt. Je fais sonner le clairon par Kouri. On m'entoure aussitôt : « Mes amis, je voudrais que nous ayons un moment de recueillement pour saluer un jeune homme qui aurait voulu se joindre à nos troupes. J'ai nommé André Delfosse dit le maigre. »

Je le revois debout dans la fenêtre ensoleillée de la chambre, maigre comme un clou, les yeux rougis, sachant qu'il ne s'en sortirait plus. « En avant ! » Nous avançons prudemment. Nous sommes en territoire inconnu. Un espion armé peut surgir d'un moment à l'autre. À l'horizon, nous découvrons au fond d'un val la chapelle des Trappistes. « C'est l'église des moines, hein, Clovis ? » « Oui, et un jour, nous les convertirons aux prières du Coran cinq fois par jour. Tu verras, Mario ! »

Quelques moines nous saluent de loin en loin, en agitant leurs grands chapeaux de paille. « Tu vois, Mario, ils savent déjà que nous marchons vers un triomphe à Poitiers. Ils se préparent à l'idée du règne de l'Islam partout par ici. » Leur fromagerie laisse filer des odeurs puantes. Nous continuons d'avancer vers la montagne la plus haute de cette région. Nous traversons avec prudence la vieille route numéro 29.

Maintenant, c'est l'escalade en règle. On a réquisitionné des mulets. La marche ascendante est lente. On a vu des renards dans des cages, un élevage du monastère sans doute. Ayant traversé une première colline, un immense verger de pommiers nous apparaît. Nous envoyons quelques intrépides guérilleros pour nous approvisionner de belles pommes rouges.

Nos sacs de voyage se remplissent. Mario est heureux, il va et vient, répétant mes recommandations, expliquant ma stratégie aux traînards. Il répète : « Va pas trop vite. Ménage-toi. Repose-toi. On a tout notre temps. » Il veille sur son grand frère cicatrisé !

D'autres pommeraies apparaissent puis disparaissent derrière nous. Nous dévalons assez rapidement un vallon. Soudain, un grand placard de bois. Nous lisons : « Attention. Danger. Dynamitage. Six coups brefs et un long. Éloignez-vous ! » C'est signé : « Columbium Incorporé. » Nous bifurquons vers l'ouest. Des pins géants se dressent de ce côté. « Repos, pied à terre, mes amis. » Ici, la lumière est tamisée. L'ombre des pins innombrables jette une fraîcheur bienvenue. Le sol est couvert de mousse spongieuse, de fragiles fougères et partout des champignons rampent au pied des gros troncs.

« Allah Akbar ! » La caravane se remet en marche. Nos machines de guerre suivent docilement. Je ne sais trop, en fait, jusqu'où nous pourrons aller. Les pins sont toujours là, plantés en haies rectilignes. Paysage géométrique étonnant. Quelques sentiers se coupent, se tortillent dans leur lit d'aiguilles séchées, de cônes de pins par centaines. Je ne sais plus trop dans quelle direction aller. Je veux éviter les villages. Il y a Saint-Placide loin à l'ouest, Saint-Benoît au nord, Saint-Joseph à l'est. Les villageois prendraient peur en voyant nos troupes et ce serait une panique nuisible, sans compter les délations. Il faut surprendre les défenseurs de Poitiers, de Moussais, de cette citadelle des Pictones, cette vieille forteresse où régnait un roi wisigoth quand Poitiers se nommait Limonum, rempli des troupes de César le Romain.

Je ne sais pas du tout s'il vaut mieux aller vers l'ouest, ou vers le nord. Mario me donne sa boussole. Elle m'est inutile. Le soleil se couche lentement. « Mario, je crois qu'il va falloir redescendre et revenir demain. Je ne sais pas trop par quel côté attaquer Poitiers. » Mario se mord la lèvre, compréhensif, il branle et secoue la tête. « C'est ce maudit tome 7 qui n'est pas venu, hen ? » « Oui, évidemment ! » Je lui dis que j'irai fouiller à la bibliothèque de l'école du village et que je réussirai à m'en sortir.

Nous entendons une pétarade. Nous nous cachons dans un large fossé naturel entre des dizaines de pins en rangées soignées. Une vieille moto surgit. Son conducteur porte une soutane qu'il a troussée sur ses cuisses. Il a une sorte de panier accroché à sa moto et il tressaille comiquement à chaque grosse racine de pin sortie de terre. Il nous salue d'une main et, dans la fumée, finit par nous rejoindre, un large sourire au bec.

« Bonjour ! Bonjour, mes amis. Êtes-vous des scouts ? » Mario le regarde durement. « Nous sommes en campagne, monsieur. Nous allons attaquer bientôt. Nous venons de conquérir toute l'Espagne ! » J'admire toujours la franchise innocente de Mario. Le drôle de motard retire ses grosses lunettes « gogles » aux micas fumés. Il se dresse, toujours souriant de toutes ses dents jaunes : « Oh ! oh ! de vaillants explorateurs, hein ? » Le panier de sa moto est rempli de champignons et d'ail des bois. « Mes amis, aimeriez-vous, illico, une bonne séance d'information sur les champignons comestibles ? » Et il en grignote un aussitôt, cru. « Nous n'avons pas le temps. Il faut continuer notre expédition. » Il se lève et descend de sa moto : « Écoutez, vous vous méfiez des étrangers et c'est prudent, mais moi je suis l'ami de la jeunesse. Je me nomme Don Gabriel, je suis cistercien et je viens aux champignons le plus souvent que je peux. Est-ce que je peux vous aider ? » Je commande à la troupe de s'éloigner et de faire une halte. Ils vont s'appuyer aux troncs des grands pins et mangent les pommes volées. Je m'approche du moine à lunettes de plastique sur le front : « Voyez-vous, je suis le chef de la troupe. Je reconstitue une bataille historique. » Il mâchouille un peu d'ail. « Je suis un peu perdu dans ces bois Nous venons du bord du lac en bas. » Il me prend par le cou : « Mon chum, c'est simple. Si vous filez tout droit par là, vous tombez sur la réserve indienne des Mohawks. Si vous allez vers l'est, il y a la mine de Columbium. » « Oui, je sais mais pour redescendre vers le sud, quel est le plus court chemin ? » « Ah bon ! Je vois, chum ! Je vois ! Finies pour aujourd'hui les découvertes ? Je vois. Voici, tu vas piquer ici, à ma gauche. C'est proche du sommet du Calvaire. Une fois rendu là, tu vas voir tout le lac par l'éclaircie du Calvaire. Tu n'auras qu'à faire descendre tes gars en zigzaguant tout doucement. » Il fait repartir sa vieille moto, la fumée empeste. Il remet ses lunettes et il a l'air d'une grenouille. Il retrousse sa soutane, fait des saluts à tout le monde et fonce entre les pins. Je me dis que ce moine m'a été envoyé par ma providence. Il a dit se nommer Don Gabriel ! C'est un signe. Un bon signe. Les hommes viennent m'entourer. « Mes amis, Poitiers a été averti. Il faut remettre l'ultime combat à demain. Nous les surprendrons le matin, ou très tard en fin d'après-midi. En route ! Retraite stratégique. »

Nous atteignons en effet le sentier du Calvaire. Et nous découvrons, très haut à travers les arbustes feuillus de cette colline, une sorte de petit bâtiment peint en blanc. « Un jour nous escaladerons cette montagne et nous irons planter le croissant et l'étoile d'or sur ce minaret chrétien. En avant ! » Nous découvrons bientôt le lac dans toute son étendue. L'île Bizard, sur la rive opposée, brille sous les feux du soleil couchant. Mario en a la bouche ouverte, tant cette vue de tout le lac lui semble extatique. « On aurait dû venir plus vite sur la montagne, pas vrai, Clovis ? C'est beau vu d'ici ? »

On s'assoit. Un jour, l'été prochain, pour changer, je devrais organiser des batailles navales. Reconstitution de l'arrivée en Amérique de Colomb ou de Cartier. Ou bien faire des batailles de pirates. La guerre entre la flotte anglaise et celle de Napoléon. C'est annoncé pour le tome 12 de mon encyclopédie.

« Mario, l'an prochain, si on se construisait de grands radeaux, tu vois la grande baie en bas, on pourrait organiser de grands combats navals, qu'est-ce que t'en penses, Mario ? »

Mario me regarde. Il ne dit rien. Se souvient-il que maman me répète que je devrai aller travailler, les prochaines vacances d'été ?

« Allah Akbar ! » Mario se tient près de moi. « Tu sais, Mario, nous l'avons échappé belle. Le moine en moto, Don Gabriel, il m'a dit qu'il y avait des « Mohawks » dans cette montagne. » Mario me dit : « Pis après ! on les aurait battus, Clovis. Avec toutes nos armes, on les aurait battus... peut-être, non ? »

5. En revenant, par la plage Robert, Mario s'est pris le pied dans des racines découvertes de hauts cèdres. Il boite. Je dois le porter tant il se plaint. Il est humilié.

Rendus à la maison, c'est l'engueulade en règle. Maman est exaspérée : « Je suis découragée, Clovis. Toi qui relèves d'une grave opération. Es-tu devenu fou ? Peut-être que ta plaie s'est ouverte et l'autre, ton petit frère, qui boite. Je me demande ce que j'ai fait au bon Dieu pour avoir un garçon aussi fou que ça. »

Lucia et Myrielle en profitent pour faire chorus aux jérémiades et aux admonestations de ma mère. On laisse pleuvoir les imprécations et les malédictions.

« On va t'attacher s'il le faut. » « Ton père va te ramener en ville. » « On va vous surveiller jour et nuit. »

Mario se laisse faire. Lucia lui a fait un bain d'eau salée. On lui prépare des compresses de patates. Il se laisse soigner docilement. On passe à table, Mario, la cheville couverte de pansements.

C'est un soir d'août. Il fait un vent frais qui souffle des montagnes, du nord. Jack est venu voir sa chère Lucia. Il parle de fiançailles et même de mariage pour le printemps prochain. Jack a fait un énorme brasier, sur la grève. Comme à chaque fin d'été, maman en a profité pour nettoyer le grenier des vieilleries encombrantes. Elle a dit : « Mario, il est assez tard, va te coucher. » Mario y est allé en clopinant. Le feu crépite. Les saules en deviennent comme translucides.

Maman s'approche de ma chaise longue et me dit soudain : « Clovis, lundi dernier, ton père et moi avons pris une décision finale. Tu sais que l'école ne veut plus reprendre le petit en septembre. Alors, ça nous fait pas plaisir, mais Mario sera placé, Clovis. C'est pour son bien. On va le rentrer à l'orphelinat Saint-Arsène. » Mon sang se glace. Ils vont faire ça ? Mario va en crever. Déjà il supportait bien mal le peu de discipline de l'école primaire publique. Mon Dieu ! Je regarde maman qui répète ce qu'elle vient de me dire à Lucia qui est blottie dans les bras de son Jack. Lucia se soulève et me regarde. Elle se doute bien que la nouvelle me bouleverse au plus haut point. Myrielle s'approche du feu avec son Roland Proux. Maman va lui annoncer l'orphelinat.

L'orphelinat ? Le pensionnat ? Mario enfermé ? Il ne pourra pas. Mon Dieu, comment mon père a-t-il pu en arriver à cette solution absurde ? Maman revient lentement vers moi, elle se couvre d'un grand châle blanc. Elle doit bien sentir que ça ne va pas, que cette idée de mettre Mario pensionnaire me paraît horrible.

« Faut que tu nous comprennes, Clovis. Mario ne s'améliore pas en vieillissant. Et puis, il sera pas malheureux là-bas, tu verras. Un des dirigeants m'a déjà tout expliqué. Ils en ont une pleine classe d'enfants comme ton frère. Ils vont lui faire faire de la menuiserie, du cuir repoussé, de la pyrogravure. Tu vas voir, quelques mois et il s'y fera. Parle, Clovis, tu dis rien ? »

Je me retiens. Je voudrais crier. Je voudrais pleurer. Je voudrais les jeter tous dans le brasier. Je regarde l'ombre de Myrielle et de son Roland, gigantesques silhouettes sur le sable de la grève.

« Clovis ? As-tu froid ? Tu trembles, on dirait ? »

Je me lève et entre dans le chalet. C'est un choc terrible et ce sera un choc épouvantable pour le petit. Je fais mieux de le lui annoncer moi-même. Il pourrait, autrement, faire une fugue sans retour. Aller au loin, vagabonder sans fin, jusqu'à ce qu'un routier le tue la nuit, sur une route étrangère au sud dans le Vermont ou le Maine, à l'ouest dans l'Ontario. Oui, il faut que je le prépare, que je lui mente sur ce que c'est qu'un orphelinat qui n'accueille pas que des orphelins mais aussi des cas spéciaux, des enfants attardés.

Il ne dort pas. Il a les bras derrière sa grosse tête de cheveux blonds tout bouclés.

« Clovis, ça se pourrait-y que ce moine en moto soit l'incarnation humaine prise par ton ange Gabriel, ton fameux guide, ton conseiller invisible ?

« Ça se pourrait-y pas, ça, Clovis ? » « Oui, ça se pourrait ! » Je me déshabille lentement. Comment aborder la question ?

« Clovis, dis-moi-le franchement, les buttes de sable, ça te dit plus grand-chose, hein ? »

« Ben, j'trouve ça un peu petit maintenant, c'est vrai, Mario. »

Je ne trouve pas le courage de lui avouer que, depuis l'hôpital, c'est à Ramona que je pense le plus souvent. Il me semble que je me soucie bien moins de recevoir ou non ce sacré tome 7 de l'encyclopédie des guerres.

J'éteins la lampe. Il n'y a que la lune et un peu des lueurs du feu de Jack sur la grève. « Clovis, j'ai trouvé le lac si beau quand on l'a découvert du haut de la montagne, pas toi ? »

Je me demande si je ne ferais pas mieux d'attendre à demain, de lui parler dehors, debout, au soleil, loin de la maison. Ici il pourrait faire une crise terrible et maman me blâmerait d'avoir révélé la décision de mon père.

« Mario, demain, ça va faire changement, on va prendre la vieille chaloupe des Proux, et j'irai emprunter le moteur des Groux. On va monter au Poitou par le golfe de Gascogne. Ça te va ? »

Je l'entends faiblement répondre, car il va s'endormir : « Je t'ai toujours suivi. Je t'ai toujours fait confiance. » Je n'en peux plus, je m'approche de son lit, je me mets à genoux près de lui, je me penche et je lui dis tout doucement, calmement, tout bas, je lui dis à l'oreille : « Écoute-moi bien, Mario, si jamais papa ou maman te parle de t'installer dans un orphelinat, ou un pensionnat — je le retiens qui veut se lever — non, reste couché calmement et écoute-moi bien, Mario, écoute-moi sérieusement, j'irai te chercher. Je te le jure ! J'irais te délivrer que ça serait pas long. Tu m'as bien compris, Mario ? »

Il ne répond pas. Il ne dit rien. J'attends à genoux qu'il me fasse un signe, un petit signe de confiance. Enfin, il parle :

« Tu sais, je suis pas fou complètement, Clovis. Je sais bien que tu vas avoir ta vie à vivre. Que tu peux pas toujours être de mon côté. C'est la vie ça. Je le sais bien que tu vas t'en aller un jour. Je serai le chef. Je vais essayer de faire aussi bien que toi. Ça va être mon tour d'être le chef. » Dehors, on peut entendre la sainte famille qui chante en chœur sur le bord de l'eau.

Je touche son visage et il est mouillé. « Tu pleures, Mario ? Je te jure que tu resteras pas là longtemps. N'aie pas peur. Tu peux me faire confiance. » « Chante-moi donc la chanson du petit mousse noir, ça va m'endormir ! »

Je chantonne tout bas : « Sur le grand mât d'une corvette, un petit mousse noir chantait... »

Il s'endort. Je me couche. Je pense à Yvette Dubé. Elle se penche et se relève sans cesse pour retourner mon oreiller. Je songe à Ramona qui m'aimait, que je ne voyais pas, que je voyais mal. Il n'y a pas si longtemps, je faisais des plans pour nos batailles du lendemain. Ce soir, je me complais à rêvasser aux femmes. Oh oui, j'ai beaucoup vieilli depuis que je me suis fait opérer, oh oui ! Mario sent tout. Il sent que cela s'achève, les excursions historiques dans la sablière. Demain matin, je vais le sacrer grand chevalier, premier commandant, vizir et calife. Je lui donnerai mes rouleaux de plans de campagne. Je lui léguerai mes pouvoirs. L'été prochain, il pourra diriger les combats. Il sera mongol, il sera Tamerlan s'il le veut. Il aura mon tome 8 pour s'instruire à fond sur cette guerre-là. Moi, je serai travailleur dans une manufacture du Bas de la Ville. Devant ma machine, je me rappellerai ces beaux jours de ma jeunesse. Je rêverai à l'eau claire des petits lacs de la sablière. Je penserai aux pins géants et à notre cabane sous les nuages. Je songerai à nos cavalcades impétueuses, à nos grands cris de guerriers.

Dehors ça chante toujours en chœur des airs à la mode. C'est encore le visage de la garde Dubé qui m'assaille. Ses beaux yeux verts me fixent du fond de ma tête, son regard y est gravé à jamais, ma foi. Mais soudain c'est le beau sourire de Ramona qui m'envahit. Demain, j'irai la chercher pour l'excursion en chaloupe à moteur. Mario ne sera pas surpris. Elle lui apportera ses chers biscuits à la mélasse. De toute façon, Mario a bien senti que je suis revenu changé de l'hôpital. Il a une drôle de façon de me regarder. Il m'épie. Il m'observe. Je sursaute soudain, j'ai senti une main qui me frôle l'épaule.

« C'est toi, Mario ? » C'est lui, et il me dit tout bas : « Tu dors pas. À quoi tu penses ? Dis-le. À notre guerre ? Prouve-le donc. Je gage que tu penses à Ramona ? » J'en reviens pas !

« Oui, c'est vrai ! Je pensais à elle, Mario. Oui. » À son tour, il vient s'accroupir au pied de mon lit. « Elle aussi, en ce moment elle doit penser à toi, Clovis. Elle t'aime, tu sais. Elle me l'a dit. Tu étais à l'hôpital. Fais attention. Les filles c'est rien de bon pour les soldats en guerre. Je l'ai empêchée de monter dans notre minaret, elle s'est fâchée. Elle m'a dit : « C'est fini, Mario, je ne reviendrai plus jamais ici. J'aime ton frère mais je déteste cette guerre. Je ne suis plus une petite fille. » Je me redresse sur les coudes. « Elle t'a dit ça ? »

« Oui ! Et puis elle est partie. Elle n'avait plus son pantalon de toile, elle portait une robe avec des fleurs bleues partout, partout. Elle était ridicule, comme ça, dans un camp militaire ! » Mario va vers la fenêtre. Je vois son visage bien rond dans le clair de lune. Dehors, ça ne chante plus. Il y a le bruit de crécelle des criquets dans la nuit. La chouette de la grange des Proux fait entendre son cri stupéfiant. Il retourne à son lit.

« Elle t'attend, Clovis. Demain tu devrais y aller avec ton vieux bicycle. Demain tu devrais commencer à me laisser tout seul un peu. Il faut bien que je m'habitue, pas vrai ? »

Le sommier de son lit craque. Il se retourne d'un côté et puis de l'autre sans cesse comme s'il n'arrivait plus à s'endormir.

« T'arrives pas à t'endormir, Mario ? Demain, tel que promis, c'est l'invasion en barque par le golfe de Gascogne. »

« Clovis, s'ils m'enferment à l'orphelinat, je ferai le grand malade et une fois seul dans le dortoir de l'infirmerie, je viderai toutes les fioles de médicaments. Comme ça, je serai sûr de mourir empoisonné raide. »

Je lui dis aussitôt rudement, entre les dents : « Mario, je t'interdis de penser à ça. Je t'ai juré que tu resterais pas là, que j'irais te délivrer. Je tiendrai parole, tu me connais ? Tu as confiance en moi ? » Un silence puis j'entends. « Tu as ta vie a vivre. »

Je lui dis de se taire. Demain ce sera la dernière excursion historique.

Je l'écoute qui pleure en se retenant, étouffant ses sanglots pour pas que je les entende. Je me relève. « Mario, Mario, tu dois bien savoir que ton grand frère sera toujours là, pas loin. » Je lui décolle les boucles blondes qui collent sur son front en sueurs. « Mario, comment ça se fait ça que t'as plus confiance en moi, hein ? » Je rallume la lampe et je vais m'accroupir près de sa couchette de fer. Je lui souris.

« Tu as rencontré un gars brillant, intelligent, un premier de classe, et là tu as mieux vu qui j'étais, que j'étais un gros zéro. C'est ça oui ? » Je lui souris de plus belle.

« Tu y es pas du tout, Mario. Attends, puisque tu veux le savoir. Je vais tout te dire. J'ai fait la connaissance d'une vraie fée, mon petit Mario. Oui, Mario, ton grand frère est tombé amoureux fou d'une Blanche Neige incroyable, imprévisible. Si tu l'avais vue, mon vieux, avec ses longs cheveux bruns, son regard tout vert, sa belle bouche qui me souriait sans cesse tous les soirs. Oh, Mario, j'ai connu un bonheur terrible là-bas à Sainte-Justine. Je te le dis, elle a été Iseult, et Juliette, la princesse de tous nos livres de contes, Mario. Et elle existait. Elle était bien vivante dans son uniforme blanc. Elle changeait mon oreiller, elle me touchait, me caressait le front, m'embrassait tendrement. Mario, je te souhaite un jour de rencontrer une femme comme Yvette Dubé. Elle était la douceur, la beauté du monde, un rêve bien incarné, mon petit Mario... »

Il s'est endormi. Les histoires d'amour le laissent froid. Il est trop jeune. J'éteins la lampe.

Dehors, je vois par la fenêtre la lune qui danse sur le lac, des rameurs la font danser plus vite et l'écrasent. C'est peut-être Jack avec Lucia, ou bien Myrielle avec Roland. Un vent léger s'est levé et fait valser doucement les rideaux. Je me jure que Mario n'ira pas longtemps dans un orphelinat, à Saint-Arsène ou ailleurs.

X

1. Mario est las. Il tourne autour de ma chaise longue. Il me regarde lire le tome 8. Il me dit : « Pourquoi tu lis ça ? Tu sais bien que ça sert à rien ! Que l'été prochain tu devras aller travailler en usine, en ville. »

J'ai l'impression qu'il voudrait m'entendre lui dire qu'il n'en est pas question, que je trouverai un moyen d'échapper aux diktats familiaux. Je lui réponds :

« Cet hiver, je te préparerai un plan de campagne. Ce sera toi le pacha, le tétrarque, le grand chef. Et je te laisserai toute une documentation, je te ferai des dessins pour les armes et les costumes. Je te donnerai un vocabulaire, un petit lexique pour cette guerre des Mongols. Tu seras, d'après ce que je peux lire, le Grand Khân, Tamerlan, Timour-Lang. Tu verras, ce me semble, une guerre terrible remplie de hauts faits. Vous triompherez, jusqu'en Chine. Vous fonderez Pékin. » Il me prend le bras pour m'arrêter de parler : « Ça se peut pas que cette guerre d'Asiatiques, comme tu dis, soit plus intéressante que les Arabes qui montent en France, au Poitou, qui avaient toute l'Afrique jusqu'à l'Espagne, jusqu'à la Corse, ça se peut pas ça ! »

Ma mère apparaît. Elle a la hache à la main. Elle a réussi à fendre quelques bûches pour faire cuire le dîner d'aujourd'hui : deux jarres géantes de fèves avec du lard et de la mélasse.

« Clovis, ne reste pas étendu toute la journée à lire. La garde Groux me l'a encore répété hier, tu dois marcher, tu dois pas rester comme ça trop longtemps. Il faut que tu te remettes sur pied maintenant, ça fait presque dix jours de convalescence, c'est bien assez ! »

« Maman a raison, Clovis. » Mario me donne la main. Je me lève.

« Si on allait doucement, sans courir, à la montagne ? » « Tu as trouvé ça beau, le lac vu d'en haut, hein ? » « On y va Clovis ? Tout doucement on fera autant de haltes que tu voudras ! Okay, on y va ? » On y va.

Nous nous rendons au bout du village, à l'ouest, puis nous traversons le petit bois des Desjardins. Mario parfois part au galop, ne pouvant plus se retenir. Il revient vers moi chaque fois en s'excusant.

« C'est plus fort que moi, Clovis ! » « Vas-y, galope, galope tant que tu voudras, Mario. »

« Tu sais, quand on était là-haut, l'autre jour, je me suis senti bien. Je me sentais plus près d'Allah ! » « Tu veux dire de Dieu, Mario ! » « Tu m'as dit au printemps : l'été prochain, il faudra jamais prononcer le mot Dieu. Ce sera toujours Allah ! » « Oui, mais c'était avant mon opération. » Je lui explique qu'Allah ou Dieu, c'est la même chose. Il repart en criant : « Allah ou Akbar ! »

Nous traversons la vieille route un peu avant La Trappe. Quand j'aperçois la tourelle de la mine de columbium, je bifurque à gauche et nous grimpons. « On pourra dire aux autres qu'on est venus en mission secrète, pas vrai, Clovis ? »

Je n'ose lui dire que cette guerre des Arabes contre le chevalier « franque » Charles Martel ne m'intéresse plus guère. Je n'ai pas le droit. Je ne cesse de songer à Ramona Primeault. « Oui, d'accord, on inspecte les Basses-Pyrénées, Mario. » Mais on dirait qu'il a deviné ! Qu'il devine toujours mes pensées. Il s'assoit sur un tronc de pin mort et me dit : « Tu penses toujours à elle, hein ? T'aimerais ça qu'elle vienne te veiller comme si tu étais un infirme ? » « Oui, pourquoi pas ? Je m'ennuie d'elle, Mario. » « Clovis ! Hier soir, j'ai vu Maryse et Sylvio Kouri ensemble. Il l'a embrassée. Sur la bouche ! Je les ai vus du balcon ! Ils sont allés sous les gros saules du voisin. À la fin, on aurait dit qu'ils se battaient mais sans crier, sans dire un mot ! En silence ! Ça faisait drôle de voir ça. » Il semble en être bouleversé. « Clovis, un jour faudrait que tu m'expliques ça, l'amour et tout le reste. » Je ne lui dis pas que j'en sais pas grand-chose. Je le force à se relever et à grimper de nouveau. Nous montons en zigzag. On commence à apercevoir le lac du côté de l'île Bizard. Je lui parle pendant qu'il me précède, pour ouvrir le chemin à travers les arbrisseaux de toutes espèces.

« Faut que tu comprennes les choses de la vie. Je n'ai pas dix ans, moi. J'aurai seize ans en novembre ! Toi aussi, un jour, tu trouveras une fille de ton goût et... tu l'embrasseras. »

Mario, comme enragé, fonce en avant. Je le perds de vue. Cette deuxième excursion depuis mon séjour à l'hôpital m'a mis en sueur. Je le laisse me devancer. Je veux bien qu'il se sente supérieur, plus fort. Ce sera plus facile pour lui l'été prochain.

J'en viens à me demander si l'orphelinat relâche ses petits pensionnaires l'été. Je me dis que de toute façon les religieux de Saint-Arsène doivent bien posséder un camp de vacances et que, là, Mario pourra refaire nos guerres et jouer les chefs de batailles.

Mario revient vers moi en dévalant une pente raide. « Clovis, Clovis, il est encore là, le moine en motocyclette à panier avec ses grosses lunettes sur le front. » En prêtant l'oreille, j'entends en effet le bruit d'un moteur. « Il s'arrête sans cesse et ramasse ses champignons, son ail des bois et quoi encore ? »

Nous changeons de sentier pour pas avoir à rencontrer Don Gabriel. Il nous effraie un peu. On grimpe vers l'ouest. On peut voir, sur la plus haute des collines, la chapelle de planches chaulées et les deux stations du chemin de croix des Sulpiciens. Mario me parle maintenant avec douceur. « Reposons-nous un peu. S'il fallait que ta cicatrice se rouvre, hein ? »

Je m'étends sous de gros pins géants. Le lit d'aiguilles séchées me paraît d'une douceur rare. Mario s'assoit, les bras autour des jambes. « Mario, demain matin, on va aller faire une tournée en bateau. Comme je t'ai promis. Dans la Grande Baie. »

« Clovis, de chez nous, c'est loin la Grande Baie, non ? » « On va emprunter le petit moteur des Groux, ça vient de finir ! »

Nous regardons à l'horizon. La montagne de Rigaud. Loin à l'ouest, le lac qui se change en la rivière des Outaouais.

Je ferme les yeux et je me vois naviguant, faisant le tour des îles des alentours. Je suis à bord d'un superbe yacht. J'ai l'uniforme des marins. À la proue, j'imagine Ramona, ma chère Ramona, dans son maillot vert, qui se fait bronzer. Nous fendons l'onde, nous suivons le chenal du milieu du lac, nous sortons du lac, nous entrons dans le Saint-Laurent et nous allons jusqu'au bout. Plus loin que les Trois-Rivières, plus loin que Rimouski, plus loin que le Saguenay, nous saluons les marsouins blancs de l'île aux Coudres, nous filons vers la Gaspésie, puis nous entrons dans l'océan Atlantique et, pourquoi pas, nous allons jusqu'à ce golfe de Gascogne. Aller au pays des ancêtres, des Jhie, au Poitou ? Une voix me sort de ma rêverie navale : « Alors, alors, les intrépides découvreurs, on bataille toujours ? » Don Gabriel est là, ses grosses lunettes sur le front. Mario lui adresse un grand sourire.

«Êtes-vous fort en histoire, vous ? » « Oui, pas mal. » Et il se laisse tomber par terre comme un gros sac de patates. Mario s'approche de lui et lui demande :

« Les Arabes, vers 730, est-ce qu'ils ont réussi à battre l'armée franque ? » Don Gabriel grignote un bout d'ail et me jette un coup d'œil furtif. Je fais mine de m'endormir, de ne pas m'intéresser à la question.

« Si tu savais, mon petit bonhomme, le monde merveilleux des fleurs sauvages, tu ne penserais plus à toutes les guerres du passé. » Je songe à Delfosse, à ses herbiers, à sa maigreur, à ses rêves cassés. Le moine à lunettes continue à parler de sa voix de fausset : « Il y a plus de deux mille fleurs différentes dans ce pays ! Le savais-tu ? Comment t'appelles-tu ? »

« Mario ! Mais je veux savoir, on ne reçoit pas le tome 7 et on veut savoir comment ça s'est déroulé les Arabes en face de Martel ? » « Ça ne t'intéresse pas la violette bleue, la jaune, la sanguinaire ? Et la trille ondulée, la trille penchée, la trille grandiflore, la plus belle, la trille dressée, toute pourpre ? »

« Non, nous autres, c'est le combat pour Allah qui nous intéresse. Les fleurs, on laisse ça aux filles ! »

Mario me surprendra toujours quand, soudain, il s'affirme ainsi. Don Gabriel se relève et va se prendre une branche morte dont il enlève l'écorce séchée. Il revient près de Mario, faisant toujours comme si je n'existais pas.

« Tout de même, Mario, entre deux bagarres, tu pourrais venir au monastère et je te montrerais des collections incroyables. Je t'assure que tu ne peux pas imaginer... »

« Quand on aura fini la guerre en France, quand l'Islam sera bien installé en France, pas avant. Nous descendons des Arabes, nous deux, vous le saviez pas, ça, hein ? »

« En bas, dans les marais de la Grande Baie, il y a plein de « souci d'eau », de populage, ici, on trouve de l'ariséma en masse, on peut manger ses racines une fois bien bouillies et son bouillon est un médicament connu de nos Sauvages par ici. »

« Vous ne voulez pas nous le dire ce qui s'est passé à Poitiers, à Moussais-la-Bataille ? C'est parce que vous le savez pas ? » Le moine à lunettes d'automobiliste me jette encore de petits regards discrets.

« C'est fini, Mario, les époques des guerres. Tu vas voir, maintenant ça va être le règne de la nature un peu partout. Les enfants de demain ramasseront des plantes un peu partout et réapprendront leurs vertus. Tu verras ! Le carcajou pour son poivre, la benoîte des ruisseaux pour soigner la toux, le myosotis, qu'on appelle aussi « *forget-me-not* », pour prévenir les migraines même le long des routes, on en trouve, comme l'atragène. Il y a le « concombre sauvage » ou médéolé, on faisait du pain jadis avec ! Viens voir, il y a des iris ici, des trientales boréales, veux-tu en voir ? »

Mario se lève en même temps que Don Gabriel, mais il lui dit :

« Perdez pas votre temps ! Nous autres on est des guerriers nomades, on vient de très très loin et je vous jure que c'est pas pour ramasser des petites fleurs au bord des fossés. »

Le moine baisse la tête et marche vers sa motocyclette. De loin, il crie :

« Nous nous reverrons peut-être un jour. Tu auras vieilli et tu seras devenu plus sage. » Je le vois qui retrousse sa soutane et qui enfourche sa vieille moto noire brinquebalante. Un nuage de fumée l'entoure. On le voit à peine sous les pins de cette montagne.

« Regarde, il tourne ! »

Il a fait un grand tour et fonce vers nous. Mario se colle sur moi. « Il fait peur avec ces lunettes-là, hen ? »

« Mario, un homme qui s'appelle Gabriel ne peut pas être dangereux ! »

La moto tourne encore. Mario chasse la fumée de gazoline en agitant une branche de cèdre. Revenu près de nous, le moine nous crie :

« Les Arabes ont perdu à Poitiers. Martel a gagné et il est mort, votre grand Abd-el-Râhman. Il s'est fait tuer à Poitiers ! »

Mario me regarde aussitôt. « Il dit n'importe quoi, hein ? Il dit ça pour qu'on s'intéresse aux fleurs, pas vrai, Clovis ? »

2. Nous redescendons les collines en silence. Je remarque que Mario ramasse toutes les fleurs qu'il aperçoit. Il en a déjà un bouquet énorme. Je tente un effort pour me souvenir de mes notes sur cette guerre. Je ne réussis pas aussi facilement qu'avant. J'en arrive à me demander si le fait de m'être fait endormir pour mon opération ne m'aurait pas affaibli la mémoire. Sans cesse l'image de Ramona s'impose au milieu de ma mémoire défaillante. Voyons, El-Samah assaille Toulouse, c'est au printemps de 720 ou 722, je ne sais plus. Il se fait tuer. Un nouveau wali est élu, c'est Abd-el-Râhman, wali d'Espagne. En Neustrasie, Eudes crut bon de s'allier avec Othman-Ben-Abou-Nessa qui est l'émir des Pyrénées. Plus tard, c'est lui, Eudes, qui va supplier Charles de sauver l'Aquitaine. Abd-el-Râhman fonce. Il va jusqu'à Sens. Il a l'Auvergne, le Velay, il enjambe la Loire, il fonce vers Poitiers quand le tome 6 prend fin abruptement.

« Mario, ils sont malins les gars des encyclopédies, ils finissent jamais leurs récits avec la fin d'un tome. Tu comprends, c'est pour vendre le tome suivant ! Tu comprends ? » « Tout le monde fait ça, Clovis, même toi ! Je me souviens, tu arrêtais toujours tes histoires avant la fin. Tu me disais. « Demain soir, tu sauras la suite. » Il court vers un bouquet de fleurs jaunes et les arrache impétueusement. « Mais ce que tu savais pas, Clovis, c'est que moi, avant de m'endormir, j'imaginais une suite. Et souvent, le lendemain, ta suite à toi était moins forte que celle que je m'étais forgée ! »

Je me souviens de la toute fin du tome 6 maintenant : « Abd-el-Râhman pille le monastère de Saint-Hilaire et incendie des faubourgs de Poitiers et file sur Tours pour le riche tombeau de Saint-Martin, puis décide de revenir en finir avec Poitiers. C'est là que Martel s'ébranle avec ses Francs, et des Teutons, des Gallo-Romains, c'est en octobre de 732. Ce n'est pas Martel qui va mourir ! Non ! Il me semble qu'on laissait entendre que c'était Abdel-Râhman ! Le moine aurait-il raison ? Maudit tome 6 avec son « à suivre » ! »

« Clovis, est-ce que ça se pourrait qu'on se fasse battre à Poitiers ? » « Ça m'étonnerait, Mario, il y a tous nos archers éthiopiens et nos dizaines de milliers de cavaliers berbères, les Arabes ne sont pas seuls, tu sais, dans cette bataille ! Faut que tu comprennes qu'il s'agit d'une guerre sainte, de la djihâd. » « Ce moine Gabriel, qu'est-ce qu'on en fera après la victoire ? » Mario se cache la figure derrière son bouquet sauvage géant ! « On en fera un iman, Mario, une sorte d'aumônier arabe ! »

Mario reste planté comme une souche soudainement. Je le dépasse. Plus loin, je me retourne et il est toujours là, immobile, comme paralysé. Je l'appelle et je le vois qui fait des signes de tête négatifs répétés violemment. Je retourne avec lui. Il pleure. En silence. Il jette son bouquet au sol. « Mario ? Ça va pas, Mario ? » Il me regarde de ses beaux yeux gris-bleu embués de larmes : « Ils vont me faire enfermer à l'orphelinat. À l'orphelinat, Clovis. »

Je ne sais trop que dire. Je me détourne de lui. Je vois le monastère des Cisterciens entre deux basses collines à mes pieds. Si j'allais voir Don Gabriel ? Pour qu'il garde Mario avec lui ? Peut-être qu'il l'accepterait. Comme moinillon. Il lui enseignerait les sciences de la nature. Ce serait mieux qu'à l'orphelinat dans l'aile des retardés !

« Écoute, Mario, dis-toi bien une chose. Répète-toi toujours ça : « Clovis viendra me chercher. » Tu m'entends ? Je te jure que j'irai te délivrer. »

3. Le soir règne. Les criquets aussi. La chouette des Proux aussi. Les grenouilles chantent leur triste mélopée sur la grève. Maman joue « à ne dire ni oui, ni non » avec Maryse, Nicolette et Reine, la benjamine, dans la balançoire. Mario s'est endormi tout à l'heure en pleurant tout doucement. Il a de gros soupirs dans son demi-sommeil. Moi, j'ai le cœur gros. Je sors respirer l'air frais de ce soir de fin d'août. Le clapotis des vagues semble en accord avec le rythme de la balançoire qui grince.

« Clovis, viens faire des charades avec nous. » Je marche lentement vers ma mère : « Écoute, maman, il faut pas faire interner Mario à l'orphelinat. Il en crèverait, tu sais. » Mes sœurs baissent la tête. Maman sort de la balançoire de bois rouge et ivoire. Elle me prend par le bras et me conduit vers le rivage.

« Clovis, il faut que tu comprennes bien le cas de Mario. Tu sais, on a pas pris cette décision à l'aveuglette, ton père et moi. On a consulté un spécialiste. Tu te souviens des tests et des examens que Mario allait passer chez le docteur Lefebvre ? Eh bien, les résultats ont été soumis à un spécialiste suisse. Le docteur est venu nous voir par la suite avec son rapport. Tu n'es plus un petit garçon, Clovis. Tu vas comprendre ça. Le docteur Lefebvre nous a expliqué que le petit, eh bien, il en était à son meilleur et qu'il allait maintenant régresser. Tu as compris ? Que plus le temps passerait, plus Mario dépérirait du cerveau. Qu'il allait tranquillement devenir un arriéré complet. »

Pour la première fois, sans que je puisse la voir, j'entends maman pleurer. Je ne dis plus rien. Je pensais qu'elle ne pouvait pas pleurer, elle, si meneuse, si militaire, si souvent dure avec moi. Elle pleure sourdement et répète : « C'est toute une croix » et « Pourquoi Dieu veut-il nous punir de même ? » et aussi « C'est une épreuve cruelle, Clovis, bien cruelle. »

La peine de maman m'a comme endurci. Je suis monté me coucher la tête froide. Je ne me reconnaissais pas. Elle m'a dit : « Au moins, il aura été heureux tous ces étés à jouer avec toi dans le sable et tout. »

En somme, me disais-je, les yeux rivés à la lune par la lucarne de mon grenier, sa vie est terminée. Il deviendra un vrai légume. Sa vie est bel et bien terminée. Ma résolution était prise. Sa vie finira vraiment ici, et dès demain. Je me découvrais dur, inflexible, l'instrument de la Providence. Le sommeil m'arriva tout subitement, par surprise, la vie de Mario finira comme ça, par surprise, très soudainement.

4. Ça faisait exprès. Le matin était d'une lumière trop belle. Le lac était aveuglant. Un grand drap d'aluminium ondulé étincelant. Un vent léger faisait bruire les feuilles des peupliers, des saules, des trembles. Le hamac se balançait entre l'orme et le gros hêtre aux racines toutes sorties du sable de la plage. Mario, que j'avais tiré du lit un peu de force, se frottait les yeux et ne disait rien. J'avais l'impression pénible qu'il sentait tout ce qui allait se passer.

J'installe le petit moteur sur la barque des Proux. Un canot facilement chavirable, mais qui file bien plus vite que les autres barques de bois. « Viens, Mario, avec Allah, dans la Grande Baie. Viens vite. »

« On a rien mangé ! » Je lui donne un paquet de dattes, un bouquet de fouets de réglisse rouge et une énorme boîte de ces biscuits à la crème, à trois étages, qu'il affectionne particulièrement. J'avironne longtemps, plus loin que le radeau des Cousineau, assez loin pour que la tribu des Jhie ne m'entende faire partir le moteur cinq forces des Groux. Mario s'est assis au milieu du canot. Il se tient solidement aux bords, les bras très tendus. Ses cheveux bouclés ondulent dans le vent et la lumière éclatante. Il me semble plus blond que jamais. J'aurais voulu être blond comme lui. J'aurais aimé avoir les yeux gris comme lui. Ça n'a plus d'importance ces petites envies stupides. Le moteur ronronne et je regarde le sillage de l'eau remuée par l'hélice derrière la barque.

Nous parvenons à l'embouchure de la Grande Baie. « C'est par là, Clovis. » En grimaçant sous le soleil levant, Mario pointe un index vers le rivage. On doit parler très fort à cause du bruit du moteur vieux modèle. « On va d'abord faire un tour au large, Mario. » Ma voix a tremblé et j'ai peur qu'il pressente mon projet. Nous passons à côté d'un rocher, à fleur d'eau en fin d'août. On file vers la Barque, un îlot au milieu du lac. Au nord, on distingue, parmi les crêtes des arbres feuillus, le clocher de La Trappe, et plus haut dans la montagne, la tourelle sinistre de la mine de Columbium, à droite, sur la cime d'une haute montagne, le petit calvaire tout blanc dressé là pour l'édification des Sauvages par les Sulpiciens.

« Mario, lève-toi et va relever le câble qui traîne dans l'eau ! » Je répète plus fort car il ne m'a pas entendu. « Le câble ! En avant. le câble de l'ancre ! Il traîne dans l'eau ! Ça nous ralentit » Mario hésite. Se redresse doucement. Marche enfin vers l'avant du canot. Je me lève à mon tour. Je marche derrière lui, je lâche le guidon du moteur. Aussitôt Mario sent le danger, se retourne vers moi et grimace. Et c'est déjà fini. Sous notre poids en avant, la frêle embarcation des Groux a piqué sous l'onde ! Mario n'a même pas pu finir son cri d'angoisse. C'est fini ! On a plongé sous l'eau. Je le vois qui tente de monter, de remonter. Il n'a jamais pu apprendre à nager. Il me regarde sous l'eau, affolé. Je ferme les yeux. Je nage. Je suis remonté à la surface. Je ne vois plus le canot, le poids du moteur le maintient sans doute entre deux eaux. J'ai nagé. J'ai nagé jusqu'à l'îlot nommé la Barque sur la carte du lac. Je tremble. Je regarde ma cicatrice. J'ai peur que ça s'ouvre. Je me suis écorché les deux genoux. J'aperçois un yacht. J'agite les bras. L'embarcation fonce vers moi, accoste. Une femme rousse portant une marinière marquée ONTARIO me fait monter à bord : « What are you doing there ? » « Mon vieux canot a coulé à pic. » Je me fais conduire au rivage près de la chapelle. Je lui dis : « Thank you ! » Je tremble toujours. Je suis pris d'un frisson incontrôlable, mon linge ne sèche pas vite, surtout mon pantalon de toile brune.

Je marche en titubant vers la chapelle, puis je pique vers les bouleaux des Poupart et j'arrive à notre camp arabe. Je monte à notre minaret-mirador. Je pousse un grand cri en espérant arrêter de grelotter. Puis je casse tout. En tremblant toujours. Je casse tout. J'ai jeté les boîtes de Corn Flakes. J'ai mis le feu à nos parasols, à nos tambourins, à nos oriflammes, à tous nos drapeaux. Je fais sécher ma chemise, mes bas. Je déchire les cartes de combats. J'ai tout détruit. Mario a cessé de vivre, tout cela devait disparaître à jamais, puisqu'il ne reviendra pas l'été prochain, puisque mes parents ne voulaient plus de lui.

J'ai marché vers un des étangs de la sablière. J'ai pleuré. J'ai, il me semble, pleuré pour la dernière fois de ma vie. Ça m'a fait du bien. Je ne pleurerai plus jamais désormais. J'aimais Mario. On me l'a enlevé. Il dort au fond de l'eau. Le courant l'emportera loin, dans la rivière des Prairies, puis dans le fleuve et jusqu'à la mer. Peut-être le retrouvera-t-on en octobre sur une rive du golfe de Gascogne de l'autre côté. Au pays d'où venaient nos ancêtres, Berbères, Maures, Sarrasins, qu'en sais-je ?

5. Lucia s'énerve : « Clovis, d'où tu viens ? Mario est pas avec toi ? » « De la cabane. De la sablière. » Ma mère part en recherches, chez tous les voisins. « Mes enfants, il ne se trouve nulle part ! » dit-elle après une demi-heure d'investigation. Myrielle dit : « Il s'est sauvé. Il a su que vous vouliez le placer. »

Ma mère se défend : « Dis donc pas de bêtises ! Parle Clovis, tu l'as pas vu ce matin ? »

« Non. Je me suis levé avant lui et j'ai voulu aller visiter nos installations. »

« Il était pas là ? Tu en es sûr ? » Ma mère me regarde au fond des yeux : « Clovis, tu sais quelque chose, toi. Tu as un petit air coupable. » « Mais non, je sais pas où il est. Si j'ai cet air, c'est que des vandales ont tout détruit, notre cabane, nos armes, nos cachettes, tout, tout, tout. »

« Ce serait pas le petit qui aurait fait ça par dépit ? »

« Jamais ! Jamais, m'man ! Je pense pas en tout cas ! » Je marche vers la balançoire, puis vers le hamac. Je me couche dedans, épuisé, vidé. Je me dis pourtant que cela a été facile, très facile. Qu'il ne fallait pas que Mario soit enfermé dans un orphelinat de frères. Qu'il en aurait étouffé ! Nicolette crie du balcon : « Il va revenir. Je le connais. Il a voulu nous faire une bonne peur. »

Maman dit : « J'espère. » Puis me voyant dans le hamac : « Clovis, c'est comme ça que tu le cherches ? » Le petit frisson est revenu. J'aurais dû me changer en arrivant. Mon linge est encore un peu humide. Je gueule : « Calmez-vous. Nicolette a raison. Il reviendra. »

Maman ne se calme pas. Elle se met un grand mouchoir sur la tête et nous avertit qu'elle va inspecter toutes les avenues de la place. « Toutes, vous entendez, une par une, jusqu'au Country Club du bout de l'est. Et toi, Clovis, fais la même chose dans les avenues jusqu'au bout de l'ouest, chez les Desjardins. Vite, grouille, grouille ! » Et je me lève en commandant à mes nerfs, à mes muscles de cesser leur tremblement. Quand ma mère parvient à la barrière du terrain, est-ce que je rêve ?, j'entends la voix de Mario qui crie : « Clovis, Ouh ! Ouh ! Clovis ! » Ça vient du lac ! Il y a un grand voilier tout blanc qui approche. Mes sœurs s'élancent vers le rivage. Myrielle se précipite du côté du chemin pour ramener maman.

Je regarde cette voile qui bat dans le vent du matin, le soleil nous aveugle, nous fait ciller. En silhouette, Mario, debout sur la coque, s'accroche fermement au mât. Ma mère balbutie des « Bonne

sainte Anne, merci ! » « Vierge Marie, merci ! »
Reine, Nicolette et Maryse sautillent de joie dans le
sable mouillé du bord de l'eau. Mario reste debout,
planté droit, toujours accroché au mât. Myrielle finit
par dire : « Mais c'est le voilier de Nick ! je le
connais, il vient de Senneville, de l'autre côté. Il m'a
fait faire un grand tour l'autre après-midi. »

Nick, musclé et barbu, fait descendre sa voile
avec une rapidité de gestes qui nous étonne. Maman,
pieds nus, s'avance dans l'eau, tend la main à Mario
qui saute sur la grève. Il sourit et me cherche du
regard. Je me cache derrière Lucia et Myrielle. Ça m'a
donné un coup effrayant. J'ai cru voir une sorte de
mirage venu de l'autre monde. J'ai entendu, il me
semble, comme une musique d'orgue, une musique
grégorienne. C'était une apparition magique. Une ré-
surrection triomphante. Maman serre Mario dans ses
bras et remercie Nick. Ce dernier va vers Myrielle et
je l'entends qui lui dit : « Votre petit frère était accroché à un canot qui flottait entre deux eaux. »

Maman nous dit : « Silence, tout le monde !
Mario, qu'est-ce qui s'est passé ? »

Mario me regarde. Je lui fais un geste imprécis.
Il dit : « J'avais pris le moteur de monsieur Groux et
le canot des Proux, maman. Je voulais aller découvrir
la Grande Baie. Puis le canot a calé ! Je sais pas
comment. L'eau est rentrée subitement ! »

« Toi ! Oh toi ! Il faudrait donc te surveiller tout
le temps. » Nick repart avec Myrielle, Lucia et Maryse
à son bord. Maman s'énerve, veut les faire débarquer.
« On ira pas loin, madame Jhie. Juste un p'tit tour.
Voulez-vous monter aussi ? »

Ma mère refuse avec de grands gestes et fait
descendre Maryse qui ne nage pas trop bien encore.

La voile se redresse dans l'air. Maman s'approche de nous : « On te cherchait partout, tu sais ! Tu n'as pas le droit de nous faire des peurs semblables. C'est vraiment pas brillant. Qui va payer le canot et le moteur ? »

« Mais, maman, monsieur Nick a accroché tout ça derrière son voilier, on a rapporté le moteur aux Groux et le canot aux voisins. Tu peux vérifier ! » Maman, en hochant la tête, retourne à son fourneau où cuisent des épis de maïs. Elle marmonne : « Attends, lundi, que ton père apprenne ça ! Attends, tu vas en entendre parler, petit fou. »

Je regarde le large. Je regarde le voilier qui se balance comme un grand dauphin dans un aquarium géant. Mario est à mes côtés. Je me décide à le regarder. Je vais lui parler. Il va comprendre. Je vais lui expliquer. Mais c'est lui qui ouvre la bouche le premier. « C'était pas nécessaire, tu sais. »

Je voudrais rentrer dans le sable de la plage. Je voudrais fondre. Disparaître. J'ai tellement honte. Quel mauvais ange a pu me dicter pareille action ! Mario me prend par le bras. « Je te le dis, Clovis, t'avais pas besoin de faire ça ! Tu vas voir, je vais peut-être m'habituer à cet orphelinat ! »

Je ne dis rien ! Il a su ? Il sait ! Il a deviné. Il est intelligent ! Il est très intelligent. Je songe aux paroles de maman : « C'est fini. Il est dans son meilleur. Après, il va retomber. » La voix de maman tonne de la véranda : « Clovis, rappelle tes sœurs, le blé d'inde est cuit ! »

6. J'ai organisé des charades pour mes sœurs les plus jeunes et leurs amies. Puis quand la noirceur a été complète, je suis allé avec mon vélo dans le chemin Pronovoux rencontrer Ramona. Nous avons collé ensemble quatre tables de pique-nique sur le bord de l'eau et nous nous sommes étendus côte à côte. Ramona a ses cheveux étalés en couronne. Dans le clair de lune, elle me semble une déesse. Une divinité hindoue comme j'en ai aperçu dans les illustrations de mon tome 8 tout neuf. Le livre se termine avec les guerres entre les conquérants du Nord-Ouest et les Hindous dont la civilisation si raffinée faisait des jaloux. Ramona me semble toute en rondeurs comme les sculptures des temples de l'Inde.

« Tu sais, ça fait longtemps, moi, Clovis, que j'attendais que tu cesses de batailler avec ton petit frère et ses amis dans les buttes de sable. » Elle m'embrasse. « Oui, je commençais à désespérer. Je t'aimais en silence. Et j'attendais que tu vieillisses. Ma mère, l'autre jour, quand mon père a commencé à se tirailler avec une voisine, a dit que les hommes sont toujours plus enfantins que les femmes. »

Pour la faire taire, je l'embrasse fougueusement. Je lui fais mal. Elle pousse une plainte. Je suis maladroit. Y a-t-il une encyclopédie pour enseigner l'art d'aimer, l'art d'embrasser avec force sans que l'on se cogne les dents ? On entend des petits rires étouffés. Je me redresse et je me glisse silencieusement vers le chemin public bordé de chèvrefeuilles touffus. Ça bouge ! Un petit cri. À mon tour, je pousse des cris et je piétine une partie de la haie sauvage. J'entends des rires puis des pas. On détale. Je reconnais Nicolette et son amie Paulette sous la lumière d'un réverbère. Deux petites écornifleuses. « Je vais le dire à maman que vous vous embrassez sur la bouche. » Je reviens vers Ramona. Elle est allée s'étendre sur la grève. Je m'approche en sifflant l'air de *Theresa* qu'elle affectionne tant. Je m'arrête. La lune me fait voir qu'elle a enlevé son chandail de laine angora. Sa poitrine est nue. J'éprouve une gêne bizarre. Je n'ose plus approcher. Je vois qu'elle ne bouge pas, elle semble figée, l'eau des vagues lui caresse les pieds nus. Je ne saurai pas quoi faire. La garde Dubé aurait pu m'apprendre. C'était impossible. À cause de la différence d'âge et aussi du petit Delfosse. Il aurait pu soudainement tirer son rideau sur rails. Yvette Dubé aurait pu tout m'enseigner si j'avais eu une chambre privée de riche à Sainte-Justine ! »

« Viens te coucher près de moi. On va nommer les étoiles, viens voir ! » Je marche dans l'eau. Elle est encore tiède malgré la fin d'août. Il a fait une telle chaleur depuis deux jours. Les dernières belles journées d'été avant septembre et le retour à l'école, en ville. J'entends Ramona qui entre dans l'eau à son tour en poussant des petits cris de souris.

« Tu as peur de moi, Clovis ? » Je la regarde qui s'approche de moi. Je me suis assis sur le bord de la grosse chaloupe des Laurin. Ramona s'amène par l'autre côté de la barque et entasse, une sur l'autre, des ceintures de sécurité et des coussins de sauvetage bourrés de kapok, puis elle allonge les bras et me fait basculer sur les coussins. Je m'écorche un coude. Elle me souffle à voix basse : « Peureux ! Peureux ! » Haut, dans le ciel, des éclairs de chaleur luisent.

Je la reçois qui se couche sur moi. « Grand bébé de Clovis Jhie ! » Je ne sais plus quoi faire, c'est la vérité. Mais je suis bien. Je sens mon cœur qui bat à se rompre, mon sang qui court à l'épouvante. Je commence à lui caresser le dos tout doucement et elle fait la chatte, elle ronronne. Mais deux pêcheurs s'approchent avec à chaque bout du canot une lampe à l'huile qu'ils balancent juste au-dessus de l'eau. Ils tiennent des filets et guettent penchés, voir si du brochet ne circulerait pas. Ramona s'est blottie tout contre moi. On ne bouge plus. On les écoute ramer tout doucement. Ils passent près de notre barque attachée solidement à une grosse pesée de ciment. Les lueurs des lampes nous éclairent un peu au fond de la chaloupe. On ne respire plus. Je chuchote à l'oreille de Ramona. « Ça doit être les frères Guitar. C'est défendu de pêcher de cette façon pourtant ! » Elle me sourit. Elle frissonne. Je la presse contre moi. Elle aime le danger. Un des frères Guitar est coiffeur au village et maman va sûrement y aller comme à chaque fin de vacances, avant de rentrer en ville. S'il fallait qu'il nous voie ! Ils s'en vont. Ils s'éloignent enfin. Ramona sort vite de la chaloupe et marche vers le rivage. Les criquets font leurs bruits de crécelle en un immense chœur rythmé.

Je suis bien. Je la regarde qui remet son gilet de laine rose. Des musiques de danse se font entendre de l'ouest et de l'est. Des rires fusent, lointains. Je me sens très bien. Ramona s'en va par le petit sentier Pronovoux. Je la suis. J'ai le cœur en fête. Je suis amoureux d'elle. Avant de rentrer en ville, j'aurai réussi à mieux me débrouiller quand elle enlèvera son chandail angora. J'en suis certain. Ce soir, j'ai été trop surpris. Rendu près de la rue principale, Ramona me prend par la taille. « Je t'aime, Clovis. » « Moi aussi je t'aime Ramona. » Nous marchons, je traîne ma bicyclette, vers le Domaine Lauzon, vers l'est, où se trouve le chalet de Ramona. Les phares des autos font luire ses beaux yeux sombres de gitane. Ses belles jambes bronzées me semblent d'or. Son short blanc luit comme du satin. Je me sens léger. J'aimerais crier ma joie, chanter à tue-tête, la soulever, la porter sur mes épaules. Je vois bien que c'est fini le temps des batailles haletantes dans le sable terreux de la sablière. Je ne suis plus un enfant, enfin.

« En septembre, je te reverrai plus. Tu vas retourner à ces études difficiles et tu viendras pas me voir. J'habite si loin du nord de la ville, presque en bas de la ville ! Je te reverrai plus, Clovis, avant l'été prochain, j'ai bien peur ? » Je l'embrasse pour la calmer, la faire taire.

« Ramona, je te jure qu'aussitôt arrivé en ville, je te téléphone et on va se rencontrer. Nous irons au parc Lafontaine, près de chez toi, ensemble. Je te le promets. Tu verras, aussitôt arrivé, mardi prochain ! » « Je t'aime, je t'aime tant. » Des éclairs sillonnent le firmament étoilé et c'est beau. Je n'ose lui parler de cette folie qui m'a pris ce matin. De cette noyade ratée. Il me semble que j'étais un autre. Il me semble que ce n'est pas moi qui me suis levé pour marcher vers Mario et faire sombrer la barque au fond de l'eau. Oui, c'est comme si j'avais été poussé, comme si j'agissais au nom d'un autre. D'un ange noir. Du démon qu'on a en chacun de nous.

La mère de Ramona, qui fait les tarots, la boule, les cartes et le marc de thé aux voisines, est à jouer au poker ce soir sur la galerie entourée de moustiquaires. Des pièces de monnaie jonchent la petite table à cartes. Les quatre joueuses sont si énormes qu'on voit à peine le jeu et les sous. Une lampe a été braquée au milieu de la table, enfouie, camouflée par les huit gros seins des quatre voisines.

« C'est toi, le grand Clovis ? » « Oui, madame, c'est moi. À la maison, ils me disent tous que je suis trop grand pour mon âge. Le séjour à l'hôpital m'a fait encore grandir. »

Les femmes m'examinent un bref instant et se remettent à leur poker et à leur verre de bière d'épinette.

« J'espère que tu me ramènes ma fille avec tous ses morceaux, parce qu'on m'a dit que tu étais un guerrier épouvantable tous les jours dans la sablière. Un tueur arabe ! »

Des éclats de rire éclatent en une harmonie rugueuse. Ramona m'embrasse sur la joue et entre. Je m'en vais. Il est près de dix heures du soir. J'entends encore des rires. On doit taquiner mon amour. Mon amour tout neuf. J'enfourche mon vélo et je pédale très fort en m'imaginant que ma pauvre petite machine, soudain, pourrait voler comme un aéroplane. En vain. Partout, le concert un peu lugubre, le cri-cri-cri des criquets, ponctué inlassablement par le groa-groa-groa des crapauds et des ouaouarons dans les fossés humides des avenues pleines d'arbres aux feuilles pendantes.

7. « Je t'attendais, Clovis. » Il se redresse sur son lit. Mario a ses yeux de chien battu. Il est triste parfois et c'est toujours quand il va me demander des choses extravagantes.

« J'aimerais ça, avant de rentrer dans mon pensionnat, là, ce soir, avec nos lampes, qu'on aille une dernière fois livrer un combat de nuit, qu'on retourne aux écrans géants par exemple avec nos mèches de dynamite et des pétards. J'en ai acheté deux gros paquets de vingt-cinq, Clovis ! »

Je me déshabille dans le grand placard. Je sors et je vais m'accouder sur le cadre de la lucarne. « Clovis, ça te tenterait pas ? Dans trois jours, tout sera fini. »

Si Mario savait la question que je me pose. Au lieu de batailler durant deux mois, si j'étais devenu, dès le début des vacances, l'amoureux de Ramona ? Ce soir, je n'aurais pas été le maladroit qui ne sait quoi faire devant sa blonde qui enlève son gilet rose !

« Clovis, une dernière fois. Dis donc oui ! »

« Non, Mario, pas question, ce soir. Les feuilles de chêne sont toutes pendantes. Il va tomber un orage. » Le ciel, comme pour confirmer mes dires, est traversé au même moment d'éclairs aveuglants. Mario se cache sous sa couverture. « Tu vois. Il va pleuvoir, ce sera pas long ! »

Je me couche. Le tonnerre gronde après chaque éclair. Puis la pluie commence à faire entendre son pianotage familier sur les tôles du toit du chalet. En bas, maman écoute de la musique à la radio et fait claquer son fer à repasser dans une assiette de métal, à intervalles très réguliers. Mario tourne sur tous les côtés. L'électricité dans l'air l'énerve. Il va encore bégayer, je le sens :

« Demain matin, Clo... Clovis, on va com... on va combattre une autre fois, oui ? »

« S'il ne pleut pas ! »

« Clo... Clovis, on s'est déjà bat... battus sous la pluie. C'é... c'était par... parfait, tu... tu t'en souviens donc pas ? »

« Demain, il faudra commencer à poser les contrevents d'hiver. Tu vas voir, maman ne nous lâchera plus maintenant. C'est la rentrée. »

Mario se lève. Il va à la fenêtre. Les éclairs et le tonnerre sont déchaînés. Il me surprend. « Si tu me

166

promets pas qu'on... qu'on va retour... retour... retourner au camp, je me laisse fou... fou... foudroyer par l'orage. »

Je vois son visage qui s'illumine à chaque éclair. Comment lui expliquer que le camp est détruit. Que j'ai tout cassé. Que j'ai fait brûler nos lances, nos glaives, nos boucliers, nos dagues, nos drapeaux, nos pavillons rouge et or. Comment lui dire que le campement arabe n'existe plus ?

8. Je me lève. J'ai mal dormi. J'ai dormi d'un sommeil agité. J'ai fait des rêves insensés. Un moment, c'était un brochet qui nageait dans l'étang de la sablière et il avait la tête de Mario. Il voulait me parler et je ne voyais que des bulles. À un autre moment, c'était Ramona, la poitrine nue, qui était clouée à la proue du gros yacht blanc venu d'Ontario. Elle ouvre et ferme les yeux, la grande Anglaise rousse me fait des menaces et file vers le large avec sa prisonnière. Je pleurais dans mes rêves. J'avais honte de tout, de moi surtout, de mes parents qui ne veulent plus garder Mario avec nous à la maison. J'entends maman qui brasse ses chaudrons. Je descends.

« Clovis, on part dans deux jours. Ça fait que finies les batailles de fous dans vos cabanes, hein ? Il faut que tu m'aides. Tu vas d'abord démonter la balançoire et la ranger dans le petit hangar aux outils. C'est bien compris ? »

« Oui, oui. Où est Mario ? Il n'était plus dans sa chambre ! » « Bon ! Encore parti vagabonder aux buttes, je suppose. Va me le chercher et ramenez toutes vos bébelles, vos couteaux, vos drapeaux, vos tambours, vos parasols. Vite, vas-y et ramène-le-moi, il va pouvoir t'aider. »

J'ai peur ! J'ai vraiment peur d'aller là-bas. Mario y est sans doute. Il a vu la cabane démantelée, le feu, la destruction du camp fortifié. Qu'est-ce qu'il doit penser ?

Il était là ! Je le vois assis à califourchon sur un pin penché. Il me regarde approcher. Il ne bouge pas. Il semble comme paralysé par la surprise. Je décide de faire moi aussi le surpris. Je cours vers lui.

« Mario ! qu'est-ce qui s'est passé ? » Je fais mine de tourner autour des débris, des planches qui formaient la tour de guet et qui gisent en bas à moitié calcinées. « Mario ! Je peux pas croire ! » Il me regarde enfin dans les yeux : « T'es content, là ? Tu voulais plus venir. Tu peux être satisfait. Ils ont tout cassé. »

« Mais qui ça ? As-tu une idée, Mario ? » Je savais bien qu'il allait répondre : « Cherche pas, Clovis, tu sais bien que ce doit être la gang de la Pointe-aux-Trembles, les jaloux qui se sont fait une cabane dans l'est, près du Country Club. »

« Les Blokes ? » « Mais oui, Clovis, les maudits Anglais de la Pointe dans l'est ! »

Je vais vers un des étangs de la sablière. Une grue travaille de l'autre côté. Des wagons rouge vin sont alignés. Une pelle mécanique remplit de sable les caissons du train. Mario vient me retrouver. « Écoute, Mario, d'un autre côté, l'été est fini ! Et l'an prochain, pour les batailles asiatiques, je t'aurais recommandé la forêt des Desjardins et la petite baie de nénuphars. Ici, tu vois, ça devient de plus en plus un vrai chantier. Vous auriez pas été tranquilles. » Mario me donne un coup de pied qui m'a fait mal. Je me frotte une cheville. « Qu'est-ce qui te prend, le mousse ? » « Il me prend que je te reconnais plus. Les filles, ça ramollit un gars, c'est pas croyable. On va laisser faire ça ? On ira pas faire une razzia du côté des chiens anglais ? On fera rien ? »

Il me parle sur un ton nouveau. Il s'en va vers les restes de nos installations. Je le vois, de loin, qui sort du coffre caché sous terre, la hache, le marteau, un poignard. Je marche lentement vers lui. « Mario, à quoi ça sert, il est trop tard maintenant ! C'est démoli, c'est démoli. »

« J'y vais tout seul si tu viens pas. Je peux pas laisser ça comme ça, Clovis. Ce serait pas digne de nous autres ! » Il a mis son poignard de chasse dans sa ceinture. Il s'est accroché le marteau en bandoulière et il tient fermement sa petite hache. Il marche vers l'est, vers les « têtes carrées ». Je le suis à distance.

« Mario, écoute, la mère sera furieuse. Elle m'avait envoyé te chercher ! » Il se retourne tout en marchant et me lance : « La vengeance d'abord. Si t'as pas de cœur, tant pis pour toi. »

J'y vais. Je dois le protéger. Je ne le connais plus, lui qui marchait toujours un peu en retrait, derrière moi, pour nos batailles fictives. Nous traversons le bois des Gravel, le champ de Saint-Charles, la terrasse des Beaulieu, le petit bois de chênes des Mantha. Mario modère sa marche. Le Country Club lui apparaît sous les grands ormes et les saules pleureurs de la grève, il y a les cabines de déshabillage, les pédalos, les canoës rouges, verts et jaunes, les charmilles, les pergolas, les rosiers sauvages grimpants. Le kiosque à musique en rondins de bois de pin. Mario bifurque à gauche et s'enfonce dans le bois de trembles. Il pousse un cri de Tarzan en guerre et se met à galoper. Je cours derrière lui. Si les Gordon et les Collin le voient, ils vont le mettre en charpie.

Quand j'arrive à la cabane des Blokes, Mario est déjà grimpé dedans et il cogne, il frappe, quelques planchettes volent en l'air.

« Mario, attention, les Anglais pourraient arriver. On se fera tuer, Mario. » « Maudit lâche ! Viens m'aider. Oeil pour œil, dent pour dent. »

Trop tard, le gros Eddy, le chef de la bande à Gordon s'amène en courant.

« Hey, you, goddam french pea soup, stop it, stop it ! » Il a sa fronde et se prépare à y mettre un caillou gros comme un œuf. Je gueule à Mario :

« Mario, arrête ! C'est moi, Mario ! C'est moi qui a tout démoli hier matin ! C'est moi, Mario ! »

Le petit visage de Mario apparaît par la fente large d'un trou qu'il vient de pratiquer. J'ai peine à supporter son regard.

« Oui, j'ai fait ça, Mario. J'sais pas ce qui m'a pris. » Mario jette sa hache, son marteau. Eddy est comme figé, se demande ce qui se passe, me regarde et regarde Mario qui a replacé quelques planches et qui descend maintenant par l'échelle bancale le long d'un énorme tremble. Je le vois qui marche vers Eddy. Je le vois qui lui donne de l'argent. Quelques piastres vertes. Toutes ses économies de l'été sans doute. Eddy prend l'argent et monte dans son échelle voir l'ampleur des dégâts.

9. Mario a pris la rue. Je vais vite acheter deux cornets aux pistaches, son parfum favori. Je cours vers lui, mais il ne se tourne même pas. Il n'y a pas de soleil ce matin, mais il fait une chaleur humide. La crème

glacée me fond entre les doigts. Je finis par jeter les cornets.

« Mario, écoute. Tu devrais comprendre. Je devrai aller travailler l'été prochain, Mario ! » Il marche à toute vitesse sur ses deux petites jambes de garçon de dix ans. « Mario, je te répète que vous serez mieux près de la baie aux nénuphars ! Mario ! » Il court presque. Il y a une sorte de brouillard mince sur la route et le long des plages. On ne voit pas l'autre côté du lac tant il y a de la brume. L'île Bizard n'est qu'une muraille blanche comme l'ouate. « Mario, je t'aiderai. Les week-ends, je te donnerai un coup de main pour ce camp hindou. » Il s'arrête enfin, se retourne et me regarde. Quand je suis un peu plus proche de lui, il me dit : « On sera pas des Hindous, on sera des cavaliers mongols. Je serai Timour-Lang, le fameux Tamerlan ! »

Je m'approche rapidement et veux le prendre par le cou, il se défait de ma prise et marche en courant presque : « Oublie ça, oublie les Arabes, oublie l'Espagne musulmane, oublie Poitiers, Mario, oublie notre campement. On en fera un bien plus beau. »

Soudain, il s'arrête et va s'asseoir sur le banc de bois devant les vitrines de l'épicerie Champagne. Il lace un de ses souliers, la langue sortie. Je m'assois près de lui, en silence.

« Clovis, pourrais-tu mettre ta main sur ma tête et jurer ? »

« Mais oui, Mario, jurer quoi ? »

« Que tu vas m'aider pour le camp de Tamerlan et tout ? »

« Je te le jure, Mario ! »

« Pose ta main droite sur ma tête, crache trois fois à terre et mets ton autre main sur ton cœur. » Je le fais.

« Bon, dis-le, dis : Je le jure, Mario ! »

« Je te le jure, Mario. Je te laisserai pas tomber, tu vas voir ! »

« Mon soulier me fait mal. Peux-tu me porter un peu ? »

Je me penche aussitôt et il grimpe sur mon dos comme il faisait si souvent quand il avait cinq et six ans.

« Vas-y, galope, galope, galope, mon cheval. »

Je galope et je pleure. Je n'aurais pas dû marcher vers l'avant du canot des Proux. Je n'aurais pas dû détruire la cabane dans les pins de la sablière. Papa devrait le garder à la maison ! Je galope et je l'entends rire de plaisir. Il gueule :

« Allah ou Akbar ! Allah ou Akbar ! » On est des cavaliers arabes une dernière fois ?

XI

1. Jack est en sueur. Il sue à rien ! Sa camionnette est chargée à bloc. Ma mère fait une dernière tournée d'inspection du chalet. J'ai cloué tous les contrevents. Mon père fume sa pipe. Je l'entends qui dit à maman : « Ferdinand reviendra pas à Noël cette année. La guerre est prise pour de bon dans son coin d'Afrique. Ça va mal finir. Très mal. » Et maman dit : « Il va mourir comme il a vécu. Seul, loin de tous, loin des siens. Comme un chien. »

Mario roule le hamac et va le mettre dans le petit hangar à outils. Mon père examine les moustiquaires qu'il a entassées sous le chalet. Puis il demande à Jack de l'aider à monter la vieille chaloupe. Ils la mettent à l'envers sur quatre blocs de ciment. Je pose la chaîne et le cadenas.

« Bon, ben, ça y est ! Il nous reste plus qu'à partir ! » Maman se calme un peu. Elle jette un dernier regard vers le lac. Reine et Nicolette vont lui donner la main.

« J'ai hâte de revoir mes amies de la ville » dit Maryse. Myrielle embrasse son cher Roland sous un bouquet fourni de vinaigriers près de la barrière.

« En route ! » clame papa. Mario me suit pas à pas. On dirait qu'il est devenu comme muet. Mon père vient lui passer une main dans ses cheveux bouclés : « Tu vas voir, Mario, j'ai visité ça. C'est un genre d'école que tu vas aimer. Plus de leçons à apprendre, plus de devoirs, tu vas faire ce que tu aimes tant, la menuiserie ! Et tu sais, dans la cour des frères, il y a de gros arbres. Tu pourras probablement te construire une belle cabane à ton goût. Pas vrai, Clovis ? » Mon père cherche mon soutien, mais je ne dis rien. J'ai peur pour Mario, lui qui aime tant la liberté.

Je vais m'installer à l'arrière de la camionnette. Lucia s'installe avec son Jack. Mario me tend la main. Il ne sourit plus comme le jour du départ en fin de juin. Il est grave. Il est résigné aussi. On dirait que déjà, à son âge, il ploie sous le lourd fardeau de son destin de faux orphelin condamné au bagne des frères de Saint-Arsène. Jack embraye. La camionnette roule. On sort du terrain des Jhie, on passe devant l'épicerie Fortin, devant le plombier Willy. On longe la sablière, Mario me donne un petit coup de coude. Je vois un drapeau rouge et or avec le croissant et l'étoile. Le seul drapeau qui soit resté intact. Il flotte au vent comme pour nous dire : Adieu l'Islam, adieu la poussée arabe en Europe, adieu Allah Akbar ! Adieu les preux combattants de la sablière. On passe la croisée du chemin de fer, on tourne à droite sur la vieille route 29. On tourne le dos à tout, à tout, à la montagne, à notre Poitiers imaginaire de l'autre côté de nos fausses Pyrénées. Adieu vacances ! Ramona doit m'attendre déjà dans sa rue Rachel, près du parc Lafontaine. Elle a quitté hier la plage, les sentiers secrets, le petit chalet des grosses voisines qui jouaient au poker tous les soirs.

Je lui ai juré qu'aussitôt arrivé je lui téléphonerais. Je me répète par cœur son numéro. Je n'aurai plus Mario à amuser, à distraire, à consoler. Je n'aurai que Ramona. À aimer.

2. Je suis rentré du collège à midi pour dîner, et papa m'a pris à part. Il m'a dit : « Je sais pas si tu l'avais oublié, mais c'était, ce matin, le jour de la rentrée de ton petit frère dans son orphelinat de la rue Christophe-Colomb. »

Je n'y avais pas pensé. La classe de versification m'a semblé tellement vivante et intéressante avec un prof dynamique, bourré d'idées, très nerveux, très enthousiaste, que j'avais oublié ce jour fatidique de l'entrée de Mario à l'orphelinat.

« Pis ? Comment il a pris ça ? »

« Bien. J'ai été surpris. » Mon père m'a décrit son attitude pacifique, comment il a été poli, aimable avec le directeur et le préfet de discipline, comment Mario lui a semblé accepter avec sinon de l'enthousiasme, du moins une certaine curiosité, ce nouveau bercail. Quant à moi, j'ai tout de suite compris que Mario devait être malheureux. Quand il ne dit rien, quand il semble acquiescer à tout, c'est qu'il est profondément contrarié.

Nous passons à table. Lucia et Myrielle sont revenues de leur atelier. Maman me dit : « Ton père t'a dit comment le petit semblait se plaire tout à coup à l'idée de l'orphelinat ? » Papa continue tout en mangeant sa fricassée à grandes bouchées, à sa façon toujours gloutonne d'avaler : « Oui. Quand il a vu le grand dortoir, il a eu un petit mouvement de recul, mais on l'a conduit tout de suite vers le dortoir des

« spéciaux ». C'est plus intime, une vingtaine de couchettes, pas plus. »

Lucia dit : « On ira le voir dimanche, nous autres les filles. » Myrielle proteste qu'elle doit aller à une exposition agricole avec son Roland, et Maryse dit qu'il y a du cinéma pas cher à la salle Saint-Stanislas. Maman leur jette un regard courroucé : « J'irai voir Mario avec Nicolette et Reine. » Lucia répète : « J'y vais moi aussi. Mon Jack a tellement hâte de voir ça de proche un orphelinat. Il en a jamais visité et puis moi non plus d'ailleurs. »

Papa grogne la bouche pleine : « C'est bien ordinaire, Lucia ! Ça ressemble à n'importe quel internat. Ça ressemble à mon petit séminaire de Sainte-Thérèse, le dortoir, le réfectoire, la salle de jeux, la chapelle, la salle d'étude pour les grands, la salle d'étude pour les petits, le quartier des sœurs ménagères, c'est pas mal comme à Sainte-Thérèse, oui ! »

Maman, il me semble, a les yeux bien humides. « Ce qui est bien, dit Lucia, c'est que ça se trouve à quelque cinq ou six rues de la maison. C'est pratique. S'il tombait malade des fois, hein ? »

« Ben voyons, il y a une infirmerie là, dit papa aussitôt. C'est très organisé. »

Maman demande d'une voix à peine audible et en venant se pencher au-dessus des épaules de papa : « Cette aile des « spéciaux », de quoi ça a l'air, son père ? Quelle sorte de petits gars que t'as vus là ? »

Mon père arrête de mâchouiller. Il se tait. Il regarde le fond de son assiette. Mes sœurs attendent toutes une réponse. Moi aussi. Papa relève le visage et nous voit qui le regardons avec insistance : « Quoi ? Qu'est-ce que vous voulez que je vous dise ! C'est pas mal. Il y en a plusieurs qui ont l'air d'avoir du bon sens ! »

Je n'ai plus faim. Je vais dans notre chambre. J'ai mal un peu partout. À l'estomac, au cœur, au foie, à la tête. Je suis mal dans ma peau. Je regarde le petit lit vide de Mario près du mien. Sa commode aux tiroirs vidés, restés entrouverts. J'ai envie de pleurer. Dans le haut du placard, je vois ses boîtes de jeux. Les livres de comiques en bandes dessinées qu'il a refusé d'apporter, m'a dit papa. Je fais un grand effort pour ne pas penser à lui. Je n'ai, c'est automatique, qu'à penser à Ramona. C'est ce que je ferai chaque fois que j'étoufferai comme ça en pensant à lui. Ce sera facile de l'oublier. J'ai mes amours. Ramona étudie la sténo-dactylo dans un Business College de la rue du Mont-Royal. J'irai l'attendre cet après-midi puisque je n'ai pas de cours le jeudi après-midi. Nous irons nous promener sur le Mont-Royal. Les feuilles commencent à prendre leurs coloris d'automne. Puis nous irons manger un gros sorbet au caramel, au butter-scotch et au marshmallow comme elle les adore. Ensuite nous irons voir deux films en couleur au cinéma. Mario me tire la manche. Nous irons prob-ablement au cinéma Rex. Mario me fait signe à travers le miroir de ma commode. À moins que nous décidions d'aller voir *Le Cid* de Corneille chez les Compagnons de la Rampe, il y a des prix pour étudiants en matinée. Écoute, Mario, j'ai droit à ma vie ! Écoute ! Je n'y peux rien, moi. Mario, cesse de me hanter. Tu dois admettre que j'ai ma propre existence à vivre. Ramona voudra peut-être aller au Jardin Botanique. Il y a de bonnes cachettes pour s'embrasser en paix sous de grosses plantes tropicales. Mario ! Lâche-moi ! Laisse-moi tranquille. Mario. Je ne suis pas ton esclave. J'ai fait ce que j'ai pu. C'est terminé les vacances, les jeux. Je vieillis, moi. J'aurai seize ans en novembre. Il ne faut plus que je songe a jouer au petit soldat. Je vais donner mes tomes d'encyclopédie à mon cousin Jacques. On ira jouer dans les machines à boules de la rue Ontario. Tiens, Ramona aime bien les machines à boules ! Quoi ? Qu'est-ce que tu veux ? Silence ! Mario, silence !

Je sors en trombe de la chambre. Je vais marcher dehors. Je vais dans la ruelle. Je reprends mon vélo. Je pédale à perdre haleine. Je fais le tour des halles du marché, de la rue Saint-Dominique à la rue Henri-Julien. Bon. Je ne l'entends plus. Enfin, la paix !

3. Je n'ai pas à me fouetter cette année pour aller au collège le matin. Roger Paquet est vraiment un animateur hors pair. Jamais je n'avais eu un professeur titulaire aussi captivant. Nous faisons des émissions de radio fictives. Chaque semaine, il promet de changer l'aspect de la classe. Nous serons décorateurs. Nous allons former un club cycliste, un club de skieurs aussi. Nous nous promettons mille activités. Il est question de monter un spectacle de parodies pour les fêtes de fin d'année. J'ai été choisi pour former le noyau actif de la troupe. Tout va bien.

Dimanche, j'ai refusé d'aller visiter Mario. Je ne pouvais pas. Tout en moi me dictait impérieusement de ne pas le revoir. Que j'aurais trop mal. Que ma présence ne lui ferait que du tort. J'ai plaidé mille excuses. Mon père m'a donné raison. « Le petit a changé de vie. Il a changé de genre. Il s'est fait un ami. Il est sourd et muet, mais ce n'est rien pour Mario, c'est comme un jeu. Il se nomme Gilles. »

J'écoute papa qui raconte sa brève visite. Maman aussi me dit que le « petit » s'adapte très bien à l'institution de la rue Christophe-Colomb. Lucia renchérit : « Ils font beaucoup de sport là-dedans. Ça va lui faire du bien. »

Je finis par risquer : « Il ne m'a pas demandé ? » Mon père baisse la tête. J'imagine alors qu'il a fait une crise. Ma mère me dit : « Écoute, c'est drôle, hen, et ne le prends pas mal, mais il n'a même pas parlé de toi, Clovis. Pas vrai, Esdras, pas un mot ! »

Mon père me regarde aussi du coin de l'œil : « Au fond, c'est une bonne chose qu'il en soit arrivé à se détacher si vite, si complètement de toi, tu ne trouves pas, Clovis ! Ça va l'aider à se trouver sa propre petite personnalité. »

Lucia ajoute : « Tu sais, mon vieux, qu'il y a là-dedans des phénomènes. Il y en a un qui a une tête grosse comme une citrouille avec des petits yeux plissés comme un Chinois ! » Ma mère. « Oui et un autre qui est venu au monde pas de bras. Si tu voyais tout ce qu'il sait faire avec ses jambes et ses pieds. C'est un vrai spectacle. »

C'est un dimanche soir ordinaire de septembre ! Je dois me répéter cela. Mario a compris. Il veut que je sois tout à fait libre pour aimer Ramona. Il est fort. Il est très fort. Il est plus solide que je pensais ! Je n'ai pas perdu mon temps à lui enseigner le courage des guerriers de mes encyclopédies. Ça lui sert.

Une semaine a encore filé ! Et c'est le troisième dimanche où je décide de ne pas aller visiter Mario. Je lui expédie des livres, des images, des dessins et même des copies de mes poèmes. J'ai même tracé des plans pour sa forteresse mongole. Il ne me répond pas. Mes parents me disent qu'il évite soigneusement de parler de moi. Il lui faut du courage. Chapeau !

Nous avons fait de l'équitation dimanche dernier sur le Mont-Royal, Ramona et moi. L'automne de ce tout début d'octobre est déjà une palette géante, celle d'un peintre de génie. Les rouges, les ors rutilent sur tous les sentiers. Ramona raffole déjà des chevaux. Elle se jure d'avoir un cheval bien à elle quand elle aura commencé à travailler en juin prochain. Au collège, ça va bien. Hier, vendredi, mon directeur spirituel a voulu avoir une longue conversation avec moi. Il dit avoir remarqué mon manque total de piété durant l'office du dimanche matin, mes faibles notes en matière religieuse, mon désintéressement évident pour tout ce qui touche la vie de l'âme. Je lui ai dit carrément qu'il ne fallait absolument plus imaginer que je ferai un prêtre, missionnaire ou pas. Que j'avais une amie de cœur. Qu'un amour solide se tramait dans nos cœurs réciproquement. Le vieux prêtre, monsieur Langis, est resté très calme. Pas de sermon. Pas de remontrances. « Alors vers quelle carrière songes-tu te tourner, Clovis ? » qu'il m'a demandé très sereinement, très posément, lui, pourtant si acharné au début de nos études classiques à faire du recrutement pour les vocations religieuses.

« Je ne suis pas décidé. Avocat, peut-être. » En fait, je songe au journalisme. J'aimerais, avec Ramona comme secrétaire fidèle, faire des reportages, un jour, partout dans le vaste monde. Ainsi je pourrais visiter le Poitou et l'Espagne, mais aussi le Maroc, l'Algérie, la Tunisie et l'Arabie Saoudite, l'Égypte et la Syrie, la Jordanie, le Pakistan, l'Inde, la Chine. Je rêve d'aller bourlinguer en Grèce et en Italie, mais aussi à l'île

Maurice, en Guadeloupe, au Mexique, au Laos et à Pondichéry, partout, partout. Je ferais des photos, des bouts de film. Avec Ramona, je questionnerais les étrangers avec une enregistreuse, je tenterais d'expliquer l'histoire ancienne et l'histoire actuelle de ces peuples lointains pour que les miens puissent apprendre mieux que la terre est grande, que des nations entières vivent, loin de nous, très différemment et qu'au fond des cœurs de tous ces peuples, il y a toujours et partout les mêmes sentiments humains. La vie et la mort, mais aussi la bonté et la cruauté, la douceur et la violence, la pitié, la joie, le bonheur et le malheur, l'amour et le désespoir. Le père Langis m'offre alors de lire *Les voyages de Marco Polo*, dans une belle reliure de cuir, qu'il a sorti de sa bibliothèque. « Tenez, lisez ça, en attendant d'aller défendre la veuve et l'orphelin, ça va vous faire rêver un peu. » Il ne se doute pas que tous les étés, mon petit frère et moi, nous rêvions dans une petite sablière entre lac et montagnes que nous étions des Marco Polo.

6. Dimanche déjà ! Mon père s'approche de moi : « Tu viens pas, Clovis ? Ce sera la cinquième fois ! » Ma mère met son chapeau : « La dernière fois, dimanche dernier, il a dit, avant que nous partions : « Dites à Clovis que s'il continue comme ça, je me souviendrai même plus de sa face ! » « Et il a ri », dit Lucia. Je leur dis d'attendre que je vais m'habiller. Même Ramona me trouve dur. Elle doit avoir raison. J'y vais. « On y va ? » Nous partons par la rue Bélanger vers l'est. Jack nous accompagne, il marche fièrement, en avant, soutenant fermement la frêle Lucia, sa future fiancée. C'est pour Noël. « On demandera un bon de sortie

spéciale pour Mario. Il doit venir à nos fiançailles »,
insiste Lucia. Papa n'est pas venu. Quand maman y va,
lui, ne vient pas. Il y a le magasin après tout.

Arrivés en face de l'orphelinat, j'éprouve une
sorte de frisson. Ça me semble une prison. Il y a des
grillages aux fenêtres. Je vois les grands arbres dans la
cour du côté sud de l'édifice en briques rouges. « Au
moins, ils ont des arbres ! » Ma mère me regarde.
« Mais ils ont tout, tout. Des jouets, des jeux. Un
terrain de base-ball, de football. Il y aura deux pati-
noires cet hiver. Ils sont vraiment bien traités, tu
sais. » Je voudrais être ailleurs. Je voudrais pouvoir
fuir. J'ai peur. J'ai peur de Mario. Je crains son regard.
A-t-il compris mes absences ? Va-t-il me question-
ner ? Devrais-je lui expliquer ? Rendre des comptes ?

Le parloir. Des statues de plâtre géantes. Des
fougères aux quatre coins. Classique parquet de bois
franc luisant, très ciré. Des chaises de chêne solide,
des bancs. Des patères offertes. Une odeur d'encausti-
que, de boule à mites aussi.

Silhouettes de religieuses qui filent au fond d'un
couloir, toujours effacées, absentes, mécaniques, dé-
vouées. Silhouette d'un frère qui s'agrandit en fonçant
vers nous. « Ah ! la chère petite famille des Jhie ! » Il
ouvre les bras dans sa trop vaste soutane noire. Un
grand corbeau au visage couvert de comédons. « Il va
descendre, il va descendre ! » « Il va bien, notre petit
Mario ? » dit maman. « Mais oui ! mais oui ! Oh ! il
mange peu, il dit qu'il dort mal, mais, vous allez voir,
il va finir par s'adapter complètement. »

On s'installe autour d'une table de chêne très
robuste. Jack s'allume une cigarette. Maman et Lucia
posent leurs chapeaux à plumes, à fleurs, sur la table.

On dirait deux gros oiseaux empaillés. « Tiens, le voilà ! »

Mario s'approche. On le voit par des portes vitrées. Il vient à petits pas. Je ne le reconnais plus. Lui qui courait si vite dans la sablière il y a un peu plus d'un mois ! Il sourit. Il ne me regarde pas. Il se laisse embrasser par Lucia, puis par maman. Il donne la main à Jack qui lui adresse quelques faux compliments sur sa bonne mine.

Maman me regarde. « Tu ne dis rien à Clovis ? » « Salut, Clovis ! » Je me lève automatiquement. « Comment ça va, Mario ? » Il me regarde. J'ai peur de fondre en larmes. Il me fait peur dans ce petit uniforme bleu marine de l'institution, avec, brodé sur sa pochette, un cœur rouge, un flambeau et une devise en latin : *Excelsior*.

Il me dévisage puis s'assoit. Il regarde les deux chapeaux a fleurs, à plumes, à voilettes. Il me regarde encore. Je ne sais plus où me mettre. Soudain, il dit : « Comment va la belle Ramona ? » Je lui donne les biscuits à la mélasse de Ramona. « Merci ! » Je lui dis : « Tu sais qu'elle a pas le droit de venir ici ? Est pas une parente ! » « Oui, je sais ! » Lucia tente de combler un silence gênant : « On va s'arranger pour que tu sois là à nos fiançailles, hein, Jack ? » Jack grogne un « Certain ! Certain ! » Mario me regarde de nouveau, puis il dit : « Il me semble que je suis ici depuis des années ! » Le cœur me fait mal. Ma mère tente à son tour de briser un silence. « Tu sais que ton frère va faire du théâtre ? »

« Ah oui ! Il est bon là-dedans, les comédies ! » Je souris et j'essaie de comprendre ce qu'il a voulu me dire. Je m'imagine qu'il va me parler en code désormais. Il ajoute : « Comment ça va du côté des Arabes.

Ils avancent ou ils reculent ? » Ma mère me jette un mauvais regard : « Toi et tes histoires de guerre aussi ! »

On a mangé des friandises. Jack est allé acheter des liqueurs gazeuses. Une religieuse est venue nous offrir des statuettes de saint Arsène. Un frère a insisté pour nous faire voir son minuscule musée d'oiseaux empaillés, un autre nous a fait voir l'atelier de menuiserie, le directeur a passé d'un groupe à l'autre distribuant des éloges machinalement, complaisant et amène. La grosse horloge a sonné quatre heures. Tout le monde s'est levé. Mario a sorti une enveloppe cachetée et me l'a tendue. « Tiens, tu liras ça si tu as le temps, Clovis. » Et il est reparti comme il est venu. J'ai couru vers les toilettes de l'étage. Et j'ai pleuré. Quand je suis ressorti retrouver les autres qui m'attendaient dans la rue Christophe-Colomb, Lucia m'a dit : « Tu as les yeux rouges ? » Ma mère m'examine. « Tu as pleuré ? » Jack me dit : « Tâche de comprendre le bon sens. Ton petit frère est un malade. Son cerveau est bloqué. » Ma mère me tire la manche : « Tu penses pas qu'il est mieux ici qu'à l'école Sainte-Cécile avec les enfants ordinaires et normaux, à faire rire de lui dans les cours de récréation, à endurer les moqueries des brillants dans les classes ? » Lucia dit : « On y va, j'ai hâte à ce soir, on va dans un encan à Terrebonne ! » Ma mère ajoute : « Mario pouvait toujours pas reprendre une quatrième fois son année, hein ? »

Je palpe la lettre de Mario dans la poche de mon veston. J'ai peur. J'appréhende un message impossible. Mario est malheureux, ses petits sourires trompent tout le monde, mais pas moi.

6. Je prends mon souper, sans appétit. Je retardais le moment. Je ne me décide pas à lire la lettre de Mario. Je ne sais pas trop pourquoi. Me traite-t-il de lâche ? M'explique-t-il que j'ai eu peur pour rien et qu'il est enfin heureux et débarrassé de moi ? Peut-être se lamente-t-il dans cette lettre et que cette lecture achèvera de me donner mauvaise conscience. Je redoute la culpabilité autant que n'importe qui, ce satané poison intraveineux. Maman parle de tout et de rien ! Comment fait-elle ? Est-ce cela savoir vieillir ? Moi, l'image d'un Mario amaigri, mal attifé, serré dans l'uniforme de l'orphelinat, m'oppresse et me coupe l'appétit. Ma mère, elle, parle de la mode d'hiver avec Lucia et Myrielle. Des leçons de piano de Maryse chez la vieille demoiselle Décarie. Des religieuses qui ont félicité Nicolette pour ses compositions françaises exemplaires. Du bedeau qui a fait une crise d'épilepsie dans le presbytère. Et de quoi encore ? Dans mon coin, il n'y a plus que l'image d'un Mario défiguré par la prison des frères de Saint-Arsène.

J'écoute ma mère, le petit doigt en l'air, l'index crispé sur l'anse de sa tasse de thé. Elle semble avoir déjà oublié son petit garçon qui va aller se coucher au milieu des infirmes, des débiles plus ou moins graves, dans son genre. Bien sûr, elle a tous les autres, des soucis face à la benjamine Reine, qui, elle aussi, en arrache terriblement à suivre le programme du cours préparatoire, elle a Nicolette qui est devenue une sorte de garçon cette année, passant ses congés à jouer au base-ball avec les voyous de la ruelle d'en arrière. Elle a Maryse qui se laisse embrasser trop facilement par le premier garçon venu. Et puis il y a aussi Myrielle qui va coucher chez les Proux tous les samedis soir, loin de sa surveillance. Il n'y a vraiment que son aînée

Lucia, la dévouée Lucia qui ne lui occasionne aucun trouble. Huit heures sonnent à l'horloge.

Je sors de table d'un pas hésitant. Je vais m'enfermer dans ma chambre pour trouver le courage d'ouvrir la lettre de Mario. Je l'ouvre. Il y a un seul feuillet. Je m'étais trompé en m'imaginant que c'était une longue lettre. Mario a utilisé une sorte de gros papier, presque aussi épais que du feutre. Je n'ose la lire. Je remets le feuillet dans l'enveloppe.

« Clovis, on te demande au téléphone ! » J'y vais en vitesse. C'est ma belle Ramona. Elle me sauve. Je lui ai dit : « J'ai un message, une lettre de Mario et nous allons la lire ensemble chez toi, rue Rachel. » Elle est tout à fait d'accord, me félicite pour ma patience. Je me sers d'elle pour conjurer un mauvais sort, un contenu que je m'imagine triste, accablant, tout à fait déprimant.

En arrivant chez Ramona, dans le vivoir, je revois les mêmes voisines ! La mère de Ramona a réuni ses adeptes du poker du Domaine Lauzon, la table est plus grande, c'est tout. L'image reste la même. Neuf heures sonnent à leur horloge.

« Bonsoir, le grand savant de demain. Ramona se pomponne. Elle va venir, installe-toi au salon, mon garçon. »

Ramona s'amène au salon. Elle me semble fébrile. On s'embrasse. Elle veut me caresser : « Crains rien quand ma mère joue au poker, elle ne voit plus rien et n'entend plus rien. » Je lui rappelle que j'ai en poche une lettre de Mario. Elle s'excuse, replace ses cheveux frisés, remet une boucle d'oreille tombée et se tient tranquille. J'ouvre la lettre et je lis à haute voix cette écriture penchée, maladroite, hésitante :

Cher Clovis. Je savas que tu alla finir par avoir envi de visité cet prison. Hier midi, on a réusi moi et Gilles le muet, à trompé la garde et à nou rendre au restaurant du GREC prè de l'ophelina. Je voula te téléfoné, te parlé un peu. Ce n'est pas un GREC mais un Libanai par sa mère et de père Arménien, le restorateur. Je lui é parlé de not guere de cet été. Je sé tou. Je lui é demandé de me caché, il a refusé nette. Je t'écri ces queques mos en guise d'adieu. Ce soir même à minui le frére surveillan va quitté son pupitre du coin du dortoir, va éteindre sa veilleuse et va allé se couché certain que nous dormons tousse. Mais moi dè minui sonné j'auré pri la résolusion d'en finir. Si tu ne vien pas me cherché vers minui moins cinq ce sera fini de ma vi. tu me verra pendu dehor sur la sètième fenètre à gauche au quatrième étage de cet prison dégoutante. tu n'es pas obligé de venir me délivré.

Ramona m'enlève la lettre d'un geste vif et veut relire de ses yeux les dernières lignes que je viens de lire presque sans voix et en tremblant. « Clovis ! Il faut vite avertir les autorités du pensionnat, tes parents, j'sais pas ! Je continue à lire :

Si tu décide de venir me cherché tu passe par la porte basse de la cave dans la cour en arrière. Il y a une lumière allumé toute la nuit. Puis tu monte par le petit escalier de service jusqu'au quatrième. Je t'attendrai à minuit juste et nous sortiron par cet escalié. Il n'y a aucun danger j'ai remarqué que le dimanche le concierge est en congé. J'auré pris soin de relevé la barure de cette porte de cave tout suite aprè les vêpre de sept heures.

Si tu veux me voir pendu à la setième fenètre — 7 comme le tome 7 qu'on a atendu toute l'été — passe dans la rue Christofe-Colom avant six heure le matin,

après les frères s'amène au dortoir et ils auron pro-
bablement décroché mon cadavre. De l'autre côté au
paradis je continueré notre bataille pour l'Islam.
Allah ou Akbar ! Ton frère qui s'ennui trop ici. Mario

Je me suis levé d'un bond. Je ne vois plus
Ramona. Je sais qu'elle s'énerve. Qu'elle pleure.
Qu'elle gueule même, qu'elle s'accroche à moi, mais
je ne l'entends pas ! Je vais chercher son manteau
d'automne vert, son grand béret beige, son écharpe. Je
lui répète machinalement ! « Viens, il faut y aller. Il
faut y aller. Il faut délivrer mon frère. » Dans l'autobus, Ramona me tient les mains. Elle me répète de
rester calme : « Il ne ferait pas ça. Il veut te faire peur.
Tu sais bien que c'est une façon de te faire accourir. »
Nous allons au restaurant du Grec-Libanais-Armé-
nien. Je lui dis : « Monsieur, est-ce que vous vous
souvenez d'un petit de l'orphelinat qui vous aurait
parlé des Arabes et d'Abd-el-Râhman ? » Il me sourit.
« C'est mon petit frère. » Il nous offre deux chocolats
chauds et dit : « Je me souviens très bien. Il est venu
ici hier midi. Il en sait des choses. Il m'a parlé de
l'invasion des Maures et des Sarrasins. Il se nomme
Mario, oui ? »

Je lui dis que nous devrons attendre ici au moins
deux heures si ça ne le dérange pas trop. Il sourit dans
sa grande moustache noire frisée. « Un rendez-vous
interlope ? » Je regarde Ramona. Elle tente de sourire
malgré son énervement. Je balbutie : « Nous devons
rencontrer un oncle qui arrive d'Afrique et qui va
travailler à côté, pas loin, à la buanderie New Me-
thod. » « Je vois, je vois. » Il nous parle de l'Afrique.
Puis de la Turquie. « Votre petit frère m'a dit que vous
étiez passionné par l'histoire et que vous lui racontiez
toutes les guerres anciennes. Un jour, racontez-lui le

massacre des Arméniens par les Turcs quand vous serez fatigué de lui raconter des faits d'armes. Ça va le dégoûter à jamais de la guerre. » Je sors du restaurant de temps à autre et je vais regarder les veilleuses du quatrième étage de l'orphelinat.

Il est presque minuit. Ramona sommeille sur la table du restaurant. Monsieur Sheitoyan boit son douzième café et me raconte l'affreux génocide des Arméniens par le détail. Je réveille Ramona : « Viens, il faut y aller. Il faut le délivrer. » Le patron nous offre gratuitement le chocolat chaud, les limonades et les petits gâteaux qu'on a mangés. Nous marchons avec précaution dans la rue Christophe-Colomb. Nous arrivons en face de l'édifice de briques rouges. Ramona me dit : « Regarde. Il y a des lueurs là-haut, au quatrième étage justement ! » En effet, c'est un incendie, c'est évident. « Mario a mis le feu ? » Je la prends par la main et nous courons vers la cour arrière. Je vois la porte basse de la cave à côté de l'entrée des marchandises. En avant, s'amènent, dans les hurlements de sirène, les camions des pompiers. Peu à peu, toutes les fenêtres s'illuminent et on entend des cris et des pleurs. J'ouvre la porte basse et je vois la lumière. De la fumée sort des fenêtres qui s'ouvrent. Je vois l'escalier de service. Mario m'apparaît avec un baluchon fait de son drap de lit. « Tu es venu, Clovis ? » Je le serre dans mes bras. Nous sortons. Déjà des badauds s'entassent et crient des recommandations aux religieux et aux écoliers qui se montrent partout dans les fenêtres ouvertes. « On s'en va, Clovis. Vite, on se sauve. Il faut profiter du tumulte. » Ramona offre son foulard à Mario qui est sans manteau. Il la remercie, les yeux agrandis, tout heureux de la voir à son rendez-vous clandestin. « Merci d'être venue, toi aussi, Ramona. » « Est-ce toi qui a mis le feu Mario ? » « C'est que le surveillant nous a dit qu'il resterait toute la nuit au dortoir, à cause des rumeurs d'évasion. » « Tu as bien fait, Mario. On part, on s'en va. » Je tire sur lui et nous courons tous les trois dans la cour, vers le sud. Essoufflés, on s'arrête un moment pour respirer. « Où allons-nous ? » dit Ramona. Je regarde Mario : « Puisque le feu est pris à l'orphelinat, tu vas pouvoir rentrer à la maison maintenant, non ? » Mario baisse la tête et pioche de son petit pied comme un gamin qui boude. « Je ne veux plus jamais retourner à la maison. Écoute, ils me trouveront une autre prison, un foyer, peut-être l'asile. Tu les connais ? »

De loin, on voit un rassemblement énorme. L'édifice s'enflamme davantage. La fumée est dense. Des sirènes de police se mêlent à celles des pompiers. La rue est bloquée. On voit des frères qui tentent de former des lignées de petits pensionnaires, plusieurs sont en jaquette blanche avec des couvertures grises jetées sur les épaules.

« Clovis ! Laisse-moi ici. Je vais aller là-bas au chalet. Il y a assez de bois pour me chauffer plusieurs semaines et même des mois. Il y a des conserves plein les armoires. Je me débrouillerai. Laissez-moi. »

Ramona me regarde, désespérée. Je regarde Ramona et ne sais plus quoi lui dire. « Mario, je vais raisonner papa et maman. Ils vont te garder. » Mario a les yeux qui se remplissent de larmes : « Non. Ils me trouveront un autre foyer. Je les connais. » Je marche lentement et Mario me suit tout aussi lentement. L'incendie fait rage là-bas, on entend à peine les clameurs maintenant. Ramona ferme la marche. « Ramona, peux-tu me donner tout ton argent ? Je te le rendrai plus tard. » Elle ouvre son sac et me donne quelques dollars et une poignée de monnaie blanche et noire. « Tu vas rentrer chez toi, Ramona. Je te ferai un signe. » « Quand ? » me dit-elle en se pressant contre moi. « Bientôt, ne crains rien, très bientôt. » Elle veut rester. Mario plaide pour elle. Je me fâche et elle s'en va vers l'arrêt de l'autobus. On la regarde monter dans la Saint-Hubert, après je dis à Mario : « Viens, on va aller au terminus des autobus. » « Mon idée est pas mauvaise, hein, Clovis ? » Je ne sais pas quoi lui dire. Je sais que je ne veux plus jamais le voir dans ce petit uniforme marine avec le mot « *Excelsior* » et le petit cœur de Jésus au-dessus du flambeau brodé. On marche jusqu'au terminus Shamrock. « Il y a un bus à minuit et trente-cinq », dit le guichetier.

7. « On est chanceux toujours quand on est ensemble ! » J'écoute le moteur qui ronronne dans la nuit. Je regarde défiler les maisons, parfois sombres et menaçantes, parfois illuminées, de Saint-Martin, de Sainte-Dorothée, de Sainte-Geneviève. Puis nous y sommes. Nous descendons. Mario avec son baluchon de drap blanc sali, moi les mains vides. Nous marchons dans la montée de la Baie. On ne voit rien. Un réverbère tremble au coin de l'épicerie Fortin. On arrive. Je casse le cadenas avec une pierre. Le chalet est humide. Et noir. L'électricité est coupée pour l'hiver. J'allume une grosse lampe à pétrole. Ça jette des lueurs étranges partout. Mario, toujours en silence, pompe de l'eau. « On va se faire du thé ou du chocolat s'il en reste. Ça va nous faire du bien. » Il grelotte en parlant. Je cours chercher des tas de couvertures dans le grenier. Mario a éternué. Je me demande pourquoi il faut que ce soit moi et non papa qui s'occupe du petit. C'est son garçon à lui après tout. Mario tente d'allumer le foyer

du gros poêle à ponts de fer. Je l'aide. La maison se réchauffe un peu. Ça craque, les planches se distendent. Mario me sourit, un peu craintif, on dirait.

« Demain, Mario, on va la finir cette guerre du Poitou, tu vas voir ! » J'allume une deuxième lampe à l'huile. Nous installons une couchette de fer dans la cuisine tout près du poêle qui jette des lueurs. On se blottit l'un contre l'autre. « À demain, Mario. »

Mais Mario ne s'endort pas. « J'ai pris l'habitude de ne pas dormir. Ça fait maintenant plus d'un mois que je ne dors pas avant deux ou trois heures du matin, Clovis, si tu savais ! Je me suis senti abandonné du monde entier dans cette prison ! J'ai maudit papa et maman, Lucia et tous les autres. » « Même moi, Mario ? » « Non. Je me raisonnais, tu avais juré ! Je me disais : Quand il viendra me voir, c'est qu'il aura trouvé un nouveau truc pour que je puisse sortir d'ici. À ta visite, j'avais ma lettre, mais j'ai attendu d'abord. Et puis j'ai bien vu que tu n'avais rien imaginé. J'avais prévu ça aussi. » Il se recroqueville. Il a maigri, il me semble. Il a perdu son hâle des jours d'été. Je le trouve blanc comme son baluchon.

« Tu ne serais pas allé jusqu'à te pendre, Mario ? » « Je ne sais pas. Je crois que j'aurais eu peur. » Il m'adresse un maigre petit sourire. Je lui parle un peu du tome 8, de Tamerlan. Mais il s'endort rapidement. Les émotions de cette fugue.

Je ne sais plus quoi penser. Je regarde les reflets du feu qui dansent sur le plafond de planches vernies. Je ne sais plus ce qu'il faut faire. Je songe encore à ce moine, à Don Gabriel. Si j'allais le trouver ? Et puis je songe à l'oncle Ferdinand. S'il était revenu. Si grand-papa avait fini par crever, alors, oui, là, l'oncle serait revenu. Je suis sûr qu'il aurait pris Mario avec lui.

Rien ne le dérange. Il nous a déjà raconté avoir eu un esclave aveugle. Rien ne l'embête. Je ne sais plus ce qu'il faut faire. Une bonne peur à papa ? Au bout de quelques semaines ici, ils vont vraiment s'inquiéter et ils changeront peut-être d'idée au sujet de Mario. Je le regarde qui dort paisiblement. Je regarde sa tête attentivement. Je fonds en larmes. « Pourquoi mon Dieu que ça ne marchera plus dans sa tête. Pourquoi ? Vous n'êtes pas juste, Dieu tout-puissant. Vous n'êtes pas correct. » La chouette de la grange des Proux lance un cri épeurant dans la nuit et, en prêtant bien l'oreille, j'entends le bruit des vagues sur la grève. Je ne trouve pas. Je ne trouve aucune solution. Je sens que je vais sombrer dans le sommeil. Demain, je serai au même point ! Je pose délicatement ma main sur la tête blonde de Mario et je murmure pourtant : « Je te jure de nouveau, Mario, que je ne t'abandonnerai plus jamais. Pas moi ! » Et je m'endors malgré moi.

XII

1. Le matin déjà ! Il me semble que je n'ai dormi que quelques heures. Mario dort encore. Délivré de son « hospice » pour enfants indésirés, il semble sourire dans son sommeil. Je rallume le feu. Je regarde par la fenêtre. Il y a dehors du brouillard au sol. Je sors. Le lac n'est pas comme durant les vacances. Il a un aspect de la mer. On distingue à peine l'île Bizard de l'autre côté. Sur la grève, partout, des feuilles mortes. Toute la berge du lac a changé de couleur, on ne voit plus le sable, on ne voit que les roux, les ocres, les bruns et les ors des feuilles tombées. Ce troisième lundi d'octobre est froid comme une fin de novembre. Je regarde les chalets des alentours, inanimés, changés, muets. Les vacances, c'est déjà loin : un village désert, comme abandonné !

De retour dans la cuisine du chalet, je trouve Mario debout qui fait griller des tranches de pain sur le vieux poêle. « Bonjour ! Dans mon havresac, j'avais apporté des pommes, des oranges, des bananes, un peu de pain et un paquet de biscuits. J'ai raflé tout ça à la cantine des petits. »

Je suis allé à l'épicerie Fortin. Pour du beurre et du lait. En dehors de la saison de villégiature, c'est fermé. Il aurait fallu marcher presque un mille pour aller chez Saint-Charles au cœur du village. Par ici, il n'y a que des chalets d'été barricadés, bandés de planches de bois pressé. C'est un peu sinistre. On dirait le site d'une hécatombe récente. Un lieu fantomatique.

Nous avons mangé les quatre oranges ! Mario sort à son tour pour aller marcher sur la plage. Je vais le rejoindre. Il fait lever à coups de pied fougueux les milliers de feuilles mortes. Le lac est rempli de crêtes blanches qui roulent à l'est vers la rivière des Mille Îles et la rivière des Prairies. Le vent a fait du lac une petite mer agitée. De vieux morceaux de bois patiné, poussés par cette houle furibonde, roulent à nos pieds. La vague monte assez haut sur la grève, entraînant dans son ressac des tas de feuilles mortes.

« Mario, on pourra pas rester ici. C'est trop difficile de garder la chaleur dans un si grand chalet. »

Je songe aussi que demain, ou après-demain, les parents finiront bien par songer au chalet pour nous retrouver, que la police du chef-lieu, à Sainte-Scholastique, pourrait venir fouiller le domaine. Qu'il vaut mieux nous cacher. « Où est-ce qu'on pourrait aller ? Clovis, jamais je ne retournerai à la maison, ça c'est bien décidé. Papa s'empresserait de me faire enfermer dans un endroit lointain, peut-être au fond des Laurentides ou au bout des Cantons de l'Est. » Nous marchons, par le bord de l'eau, jusqu'au chalet des Malbœuf, puis, de l'autre côté, jusqu'au chalet des Saint-Onge et du fou à Saint-André, notre bouffon comique. Le soleil monte lentement et le brouillard se dissipe peu à peu.

« Nous allons ramasser nos affaires et aller jongler dans notre campement démoli, aux buttes de sable. » Mario m'obéit un peu à contrecœur. Le chalet d'été lui est si familier. On essaie de faire disparaître les traces de notre bref séjour. Je repose le support décloué du cadenas avec le marteau de papa.

« Tu comprends, Mario, s'ils viennent nous chercher ici, il faut qu'ils s'imaginent qu'on n'y est pas venus. Il faut brouiller les pistes. Maintenant, c'est une vraie guerre que nous livrons. La guerre aux parents fouineurs ! » Il sourit.

2. En arrivant à la sablière, c'est un cri de surprise dès que nous avons contourné le petit bois de bouleaux des Poupart. Quelqu'un, mais qui donc ?, a installé un drôle de fort sur les décombres de l'ancien. Il y a des tuyaux montés ensemble avec des coudes, des pièces spiralées en cuivre. Une tuyauterie capricieuse ! Des cuves évidées forment d'étranges tuyères. On entend un gros rire gras et on se retourne : le plombier Willy vient vers nous, un large sourire au bec !

« Pis, les petits cow-boys, êtes-vous contents ? » Il sort de ses poches deux bouts de fer qu'il a travaillés pour en faire deux pistolets. « Ça aussi c'est pour vous, pour l'été prochain. Contents ? »

Mario les prend et glisse un petit merci. Le plombier va près de son installation et quand on le rejoint avec prudence, il s'explique : « Oui, j'ai souvent crié et pesté contre vous et vos amis, mais quand j'ai vu qu'on avait détruit votre fort d'Apaches, quand je me suis retrouvé tout seul dans mon coin, au début de septembre, bien, j'sais pas, je me suis senti pas mal tout seul. Faut que je vous le dise, vos chamailles, au fond, ça me faisait une distraction. »

Il se retourne vers sa maison et ses remises : « Je vous regardais batailler par la fenêtre de mon atelier et j'aimais ça. Vous savez, j'aurais aimé ça avoir des enfants, mais ma femme est si malade. »

Il nous fait visiter sa curieuse installation. Mario n'en revient pas. Nous grimpons dans des échelles entièrement faites de vieux tuyaux plus ou moins rouillés. Il y a plusieurs étages. Rendus en haut de cette tour de rebuts de plombier, nous voyons tous les bois des alentours. Les couleurs aurifères et rubescentes des arbres forment une tapisserie aveuglante. Mario en a la bouche ouverte.

« Je savais pas, Clovis, finit-il par dire, que c'était bien plus beau, ici, l'automne ! » Notre gros Irlandais aux cheveux roux, à la peau tachetée de rousseurs, est fier et s'accoude à un parapet improvisé comme un touriste au haut d'un belvédère historique : « Oui, en octobre, les Deux-Montagnes c'est un beau pays ! Les collines loin, à l'ouest, ne sont plus qu'un beau gros bouquet bourgogne et citron ! »

« Clovis, tu trouves pas que ça donne le goût d'un grand combat final, hein ? » Mario descend l'échelle de tuyaux et court vers un des étangs. Willy Whelland me regarde avec sérieux : « Quel âge as-tu, Clovis ? » Je ne réponds pas tout de suite. J'ai le pressentiment qu'il me juge. Je mens. Je me sens un peu ridicule : « Quatorze ans, monsieur Willy. »

« Ah bon ! » Il redescend. « En tout cas, c'est à vous tout ça. J'espère que l'été prochain, vous saurez quoi en faire ! J'ai passé toutes mes soirées de septembre à vous fignoler ça, c'te forteresse-là. »

« Merci, monsieur ! Merci pour lui surtout. Parce que moi, l'été prochain, je devrai travailler en ville. »

Il est déjà rendu au sol. Il souffle. Il me tient une jambe pour m'indiquer un dernier barreau :

« T'es bien maigre pour quatorze ans ! Tu profites pas ! Manges-tu assez ? »

« Je grandis, mais on dirait que je grossis plus, c'est depuis que j'ai eu dix ans et que j'ai fait de la bronchite asthmatique, c'est comme ça ! »

Le plombier regarde tout autour et me dit tout à coup : « Je regarde tout ça, le beau coloris des arbres et tout et j'ai presque du regret de m'en aller en Floride pour tout l'hiver. Si j'étais seul, je resterais pour la chasse. C'est que ma femme est si malade et je ne suis plus jeune ! Tu comprends ça ! » Il se tait. Il s'en va. Il me fait un salut de la main de loin et marche vers sa maison. Soudain il se retourne et gueule : « Êtes-vous venus avec votre père, monsieur Jhie ? » Je fais aussitôt. « Oui ! oui ! » « Ah bon, dites-lui que j'ai une brimbale neuve pour sa pompe à eau. Elle marchait mal cet été ! » Je crie : « Oui, j'y dirai. »

Je vois Mario qui s'est remis à galoper sur les hautes dunes formées par la pelle mécanique le long du chemin de fer. Il est heureux de nouveau. Son uniforme bleu marine de l'orphelinat est déjà tout taché de sable.

Je vais vers lui. Je grimpe sur les dunes. Il a l'air heureux comme en juillet. « C'est drôle à dire, Clovis, mais tu sais quand on vit enfermé comme je l'étais, ben on dirait qu'on dépérit. » « C'est fini. C'est bien fini, Mario ! » Je m'éloigne de lui. Il me rejoint : « Non, mais écoute, j'en étais rendu à plus pouvoir rien imaginer. Il y a un frère, il avait l'air d'un bon diable celui-là, il m'a amené au fond de la grande cour des petits et il m'a montré les grands peupliers pour me dire que je pourrais y grimper et même y faire une cabane, si je voulais. Il m'a dit :

« Ta mère m'a dit que tu aimais les cabanes dans les arbres. » Mais je n'avais plus le goût de faire quoi que ce soit, Clovis. »

Mario s'éloigne, se laisse glisser sur le derrière au bas d'une haute dune en entraînant avec ses bras ouverts le plus de sable qu'il peut. Je fais comme lui en riant. Son visage s'assombrit : « Oui, j'avais le goût de rien. J'avais comme le goût de me laisser moisir. Je te le dis, je me sentais devenir un insignifiant. Comme la plupart des petits gars de la « section spéciale ».

Je cours. Je ne peux plus entendre ça. J'ai peur. Je revois en pensée quelques visages tristement abrutis des orphelins aperçus ce dimanche de visite. Des regards absents. Des démarches de somnambules. Je cours vers la cabane du gardien près de la petite gare. Mario me rejoint en poussant des cris, mélangeant des « Aye ho ! Silver ! » Avec des « Allah ou Akbar ! »

3. Nous sommes allés au marché des Saint-Charles. Avec l'argent ramassé, et grâce aussi au prêt de Ramona, on a pu se procurer deux grands sacs de victuailles. Nous avons enfoncé la porte de la cabane du gardien. Le plombier Willy nous a dit que la sablière cessait ses activités dès la fin de septembre. Les machines sont recouvertes de bâches. Il n'y a plus de tracteurs, quelques vieux wagons rouge vin traînent dans le paysage. On peut y lire en grosses lettres blanches : CANADIAN PACIFIC RAILWAYS. Mario s'exerce à tirer à l'arc sur les lettres. Je l'entends rire et crier pendant que je fais un feu dans la petite fournaise

Franklin pour le dîner. Il crie : « Le C ! » Un silence, puis son rire en cascade et son cri : « Hourrah ! » Puis j'entends : « Le P ! » Puis « Le R ! » Il revient et me regarde ouvrir la boîte de fèves au lard, puis la boîte de maïs. « Clovis, c'est toi mon père ! »

« Qu'est-ce que tu dis là ? »

« C'est toi mon vrai père ! »

Je ne dis rien. Je n'avais jamais pensé qu'il dirait une telle chose. Mario me dit ensuite : « Pourquoi que tout est toujours écrit en anglais, partout, dans notre propre pays ? Pourquoi toujours l'anglais ? » Je tranche le pain. Je développe la livre de beurre.

« Mario, tu sais bien qu'on a perdu la guerre. En 1760, le général Wolfe a battu le marquis de Montcalm, à Québec, sur les plaines du fermier Abraham ! »

Il jongle. Il murmure : « Ça c'est une guerre que j'aimerais pas qu'on refasse. Oh non ! » « Brasse les bines, Mario ! » Il brasse.

« Clovis, le plombier Willy, en fin de compte, il a fini par nous aimer, pas vrai ? Il a décidé de nous aider même ! »

Je le regarde brasser avec une branche de bois, la langue sortie ! « Mario, ça va être plus facile de réchauffer cet abri. Il y a qu'une pièce. Tu vas m'aider, on va se construire deux lits. Il y a assez de planches qui traînent derrière le cabanon. »

Mario prend l'eau chaude qui bout sur le Franklin et nettoie deux canettes de tôle qui nous serviront d'écuelle. Dans une petite armoire, au-dessus d'une table branlante, on a trouvé deux grosses cuillères à soupe, du sel et du poivre. Des cure-dents !

« Clovis, un jour, est-ce qu'on pourra pas battre les Anglais ? Leur demander notre revanche, là-bas, sur les plaines d'Abraham ? C'est possible ça ? »

« Non, Mario ! C'est fini. C'est de l'histoire ancienne. C'est passé. On peut pas revenir là-dessus. »

Il installe les cuillères, il a posé du papier blanc sur la table branlante en guise de napperons. Il sort la salière et la poivrière. Le sel est motonné par l'humidité.

« Clovis, pour dire vrai là, les Arabes reviendront jamais en France ? » « Non ! Je pense pas ! »

Il va regarder par les carreaux de l'unique petite fenêtre. Il siffle l'air de *À la claire fontaine*. Il me dit : « Je regarde tout ça, notre nouvelle forteresse là-bas, et je peux pas croire que tu reviendras plus l'été ici ! » Je pose une main sur son épaule droite et je le regarde droit dans les yeux :

« Mario, fais pas le braillard ! Écoute ! Je te sacre « chef officiel », grand cavalier, tu vas voir tu seras un bon chef et même le grand L'Espérance t'obéira, tu commanderas à ton tour à Loiseau, à Lebœuf, à Deveault, à Lafontaine, à Lalumière, à Laflamme. Le grand Kouri te fera un très bon « primicier », pas vrai ? »

Il sort. Il laisse la porte ouverte. L'air de la mi-octobre entre, plutôt froid. Il s'éloigne de quelques pas et me dit :

« Clovis, tu vas t'en aller, hen ? Demain peut-être ? Faut que tu retournes à ton séminaire ? Moi, où est-ce que je vais aller ? Qu'est-ce que je vais devenir ? » Il donne des petits coups de pied dans le sable. « Mario, viens manger. Viens ! On va trouver une idée. Une solution. »

Il mange les bines sans appétit. J'avale difficilement moi-même. « Écoute-moi bien. Sois sûr que je te laisserai pas seul, ici ou ailleurs. Tant qu'on aura pas trouvé une solution ! »

Il me sourit tristement et mange un peu plus vite. « Mario, si tu t'installais chez les Prud'Homme, nos oncles, à Laval-des-Rapides ? À la ferme du Rang du Moulin ? Hen ? Tu l'aimes l'oncle Paul ? L'oncle Louis, non ? »

« Non ! Jamais ! Ils font travailler leurs garçons comme s'ils étaient des bœufs, je le sais, les cousins me l'ont dit souvent. J'en aurais des hernies au bout d'une semaine, Clovis. » « On va trouver. On va trouver une idée. Énerve-toi pas ! » Et il se rassoit. Je coupe en deux une grande tarte aux fraises bien rouges.

4. L'après-midi a passé vite. On a marché. On a couru. On a revu nos sites de guerre. Mario revit. Moi, je pense de plus en plus à Ramona. Je songe aussi que nos parents doivent nous chercher partout. Nous sommes allés jusqu'à la pointe aux trembles. On a revu la cabane des Anglais, de la bande à Eddy. Mario m'a dit : « On grimpe et on démolit tout ? Ça nous vengera pour la défaite de 1760 sur les Plaines de Québec ? Okay ? »

Je l'ai amené de force plus loin. Les pluies d'automne ont grossi le marécage qui nous sépare de Sainte-Marthe. On n'a pris une sorte de radeau, une invention d'Eddy, et avec de longues branches de bouleau on a dérivé tout doucement.

J'ai un peu raconté les exploits des premiers grands découvreurs. Alors on a joué à Jolliet, à Marquette, à La Vérendrye, et à Cavelier de LaSalle. C'était le Mississippi soudain. Il y avait des feuilles de nénuphars partout. Mario les arrachait. Il y avait des sanctuaires d'oiseaux dans les branches basses noyées. Des canards se sauvaient à notre arrivée. Soudain on a entendu des coups de fusil ! D'une cabane flottante camouflée de branches d'épinettes et de sapins, deux hommes se sont dressés et nous ont crié : « Allez-vous-en, petits voyous. Déguerpissez ! Vous faites peur aux canards. Allez jouer plus loin, compris ? »

On est revenus en vitesse sur la terre ferme. De grosses carpes se sont montrées dans le ruisseau du serpent près de la voie ferrée. On a fait des tridents avec des branches d'arbres, mais on a pas pu attraper ces gros poissons à la gueule dégoûtante.

« Clovis, si on allait de l'autre côté de la pointe, il y a du beau brochet. Ça nous ferait de quoi à manger ? » Je lui dis : « On a rien, même pas un hameçon. »

On marche le long de la berge. Le lac est toujours tumultueux. D'autres chasseurs se cachent dans leurs chaloupes déguisées en bosquets de conifères. Quelques canards sauvages s'envolent parfois. Des coups de feu se font entendre. Le lac y fait écho bruyamment.

Le camion de Roland Proux passe près de nous sur le chemin de la Chapelle. On se baisse. Il s'arrête. « Il nous a vus, Mario ! Il va répéter ça aux autres, c'est Roland ! » « Mais non. Regarde. » Il décharge des cailloux. Un fracas. Et il s'en retourne. Quelqu'un se construit un mur sur sa grève. On marche plus vite. Mario me dit :

« Clovis ! Je sais ce que je vais faire. Toi, tu vas rentrer en ville, retourner au collège demain, mardi.

Tu diras que je t'ai échappé. Que tu ne sais plus où je suis. Tu diras qu'on marchait vers les Trois-Rivières, loin de Montréal. Que tu m'as perdu de vue. Que tu n'as pas pu me rattraper. Ils vont t'engueuler une heure ou deux et ce sera fini. »

« Et toi ? »

« Moi, je vais m'installer dans la cabane du gardien, à la sablière. Tu viendras me voir tous les dimanches. Tu m'apporteras à manger pour une semaine. S'il le faut, tu piqueras l'argent dans la caisse du magasin de papa. Après tout, il est obligé de me faire vivre, au moins de me nourrir. Ce sera pas un vol de ta part. »

Il me regarde comme s'il trouvait son idée encore meilleure qu'il l'avait cru en la concevant : « Hen ? Hen ? C'est pas fou ça, hen ? Je me couperai du bois tous les jours pour avoir une grosse réserve pour l'hiver prochain. Hein ? Et quand l'été reviendra et que la famille s'amènera au chalet, ben, ils accepteront que je sois là. Ils auront bien vu que je peux me débrouiller, que je les encombre pas le reste de l'année. Hen ? Hen ? »

Je le regarde. Je suis comme découragé. Je ne sais plus quoi lui dire. Je ne sais plus quoi faire.

« L'hiver est long, Mario. Et ici dans cette sablière, le vent doit souffler terriblement. La cabane se fera enterrer de neige à la première tempête. Tu pourrais pas vivre là, enfermé seul. Penses-y comme il faut, Mario. »

« Clovis, j'aurais le plombier Willy pour m'aider un peu. »

« Non, il m'a dit qu'il s'en allait passer l'hiver en Floride, Mario ! »

Mario se tait. Il court après deux rainettes bien vertes. Elles sautent dans l'eau et disparaissent.

« Savais-tu ça qu'il y a des gens qui mangent ça des grenouilles ? » « Mais oui, Mario. En Afrique, on fait même rôtir des sauterelles au beurre. » « Ouash ! » Mario a une de ces grimaces drolatiques. Puis il rit.

5. Installés dans la nouvelle tour en tuyaux, on a mangé les bananes et les biscuits volés à l'orphelinat. « Pourquoi il a mis des robinets partout ? » « Les Arabes, mon petit Mario, c'est devenu des contrôleurs de robinets. Sous leur sol, c'est rempli d'huile, de pétrole. » Mario a ramassé les armes les moins abîmées par l'incendie. Quelques sabres, des lances, des poignards.

« C'est vrai que tu as donné les tomes d'encyclopédie au cousin Jacques ? »

« Oui, c'est vrai, Mario, pourquoi ? »

Il cogne sur un des tuyaux qui forment la rampe sur le haut de cette tour. « Même si j'ai du mal à lire, j'aurais pu regarder les images. J'aurais revécu toutes nos batailles, nos étés ensemble ; l'année des Peaux-Rouges, l'année de la Grande armée, l'année de Jeanne d'Arc. »

Je n'ose lui dire que je croyais qu'il ne sortirait plus de son pensionnat et que je ne voulais pas lui faire de la peine en lui faisant revivre nos aventures.

« Clovis, quand est-ce que tu as commencé à vraiment organiser des batailles avec moi ? Je m'en souviens pas exactement. »

Il met de la mousse d'épis de blé d'inde dans une vieille pipe arrangée en calumet de paix, allume et tente de fumer en tirant laborieusement. Il tousse. Il crache. Il grimace.

« Ça fait longtemps. Tu peux bien ne plus t'en rappeler. On avait pas encore de chalet. L'été, nous passions les vacances en ville. J'avais ton âge à peu près. Toi, tu avais quatre ans. Maman m'a dit : « Si tu veux amuser le petit, je vais te permettre d'aller au parc Jarry tous les jours. » J'ai accepté, tu penses. Le parc de la rue Saint-Laurent, c'était une campagne pour nous les petits gars de la paroisse Sainte-Cécile. Tous les jours d'été, je t'amenais, quand il faisait beau temps, au terrain de jeux du parc. Tu aimais déjà le sable. On s'installait au milieu du carré de sable avec le petit Desbarats et sa boîte de souliers pleine de soldats de plomb, j'organisais des batailles. Pis ça a été la collection des camions de fonte que je faisais venir, avec des preuves d'achat de sirop de maïs Crown Brand. Ce qu'on a pu en avaler du sirop, à s'en écœurer pour la vie. »

Mario ne m'écoute plus. Il se penche à cause des grosses branches de pins et me crie subitement : « Clovis ! La police ! »

À l'extrémité sud de la sablière, près de l'atelier du plombier, il y a une voiture avec son phare en dôme sur le toit qui tournoie et scintille ! « C'est la police provinciale ! » Nous descendons de notre minaret de barres de fer à toute vitesse. « Clovis ! Clovis ! J'ai peur ! »

Je le regarde, il a sans cesse de longs frissons. Je lui donne mon coupe-vent. « Mario, il n'y a pas à s'énerver. Reste calme. On va s'enfoncer dans les bois et tu sais bien qu'une auto-patrouille ne pourra pas nous suivre. »

« Ils ont peut-être un chien dressé ? »

Je lui prends la main et nous longeons l'orée du bois de bouleaux. « S'ils nous voient, on est finis ! »

Nous courons pour nous éloigner rapidement de la citadelle plombée.

« Penses-tu qu'il va nous dénoncer ? »

Je m'arrête : « Écoute, Mario, est-ce que c'est ça que je t'ai appris ? C'est ça ton courage de guerrier ? Est-ce que j'ai perdu mon temps avec toi durant ces guerres ? » Il baisse la tête et donne ses petits coups de pied au sol : « Excuse ! »

6. On a regardé le soleil se coucher derrière les collines. Cela a duré une éternité. J'ai raconté une histoire à Mario pour qu'il reste un peu calme. C'était un film montré au collège. Un film d'aventures du genre connu où le bon triomphe toujours, en fin de compte, du vilain. Pas comme dans la vie réelle. Quand on a vu la noirceur poindre, on a quitté les bois au nord de notre sablière et, prudemment, on a marché vers la guérite où nous avions laissé nos affaires. Il n'y avait plus rien. La cabane avait été soigneusement vidée. La fournaise n'avait plus ses tuyaux noirs ! Plus rien. Ils avaient même défait nos deux couchettes de planches confectionnées avant notre randonnée vers la cabane d'Eddy.

Je n'en pouvais plus ! Je ne savais plus du tout quoi faire. Mario s'est mis à trembler pour vrai, il se mordait les lèvres et donnait des coups de pied sur la cabane en proie à une rage sourde. Je m'étais laissé glisser à terre. Et je me tenais la tête entre les mains. Soudain, plus de Mario. Il était parti !

J'étais seul ! Je marche sur le bout de la voie ferrée, je grimpe sur un des wagons à sable vides. Je l'aperçois qui marche, les mains aux poches de son petit uniforme sombre. Il va vers la maison du plombier. Je mets mes mains en porte-voix : « Mario ! Mario ! Mario ! » Il ne se retourne même pas « Où vas-tu, Mario ? Où vas-tu ? »

Les policiers ont fait en sorte qu'on ne puisse plus se réfugier dans la cabane de la sablière. Sans doute qu'ils sont allés au chalet. Qu'ils patrouillent les avenues des alentours.

Je cours vers Mario. J'arrive trop tard. Il parle avec le plombier. « Mario ! tu m'as pas entendu ? » Le plombier me jette un petit sourire qui se fige tout de suite. « Je leur ai dit que je vous avais pas vus ! Mais je veux pas d'ennuis, hein ? »

Je regarde cet homme qui se dit vieux, qui va passer l'hiver en Floride. Je regarde ses lourds et épais cheveux roux, ses gros bras. Je ne sais pas trop si on peut lui faire confiance.

« Votre père vous fait chercher partout. Ils m'ont dit qu'en ville d'autres policiers visitent tous vos parents et ceux de tous vos amis. »

« Monsieur, est-ce qu'on pourrait pas passer la nuit ici ! » Mario parle avec un calme étonnant.

« Où ça ? Pas dans la maison, ma femme est si malade, si nerveuse. Je n'ai rien dit sur votre fugue, sur les policiers. Elle n'en dormirait pas de la nuit. »

« On s'en ira de bonne heure demain matin ! » insiste un Mario méconnaissable de calme dans toute son attitude. « Juste une nuit ! »

Le plombier regarde Mario. « Pourquoi que vous rentrez pas chez vous ? Qu'est-ce qui s'est passé ? Est-ce que votre père vous a battus ? »

Mario lui dit d'une traite : « C'est bien pire que ça. Mon père a honte de moi parce que je ne vaux rien à l'école. Je n'ai pas la même sorte d'intelligence que les autres. Il veut me faire enfermer avec des infirmes, des aveugles, des muets, des mongols, monsieur ! »

Le plombier me regarde. Je ne dis rien.

« Bon. Écoutez, si vous pouvez vous installer, pour cette nuit seulement, hein ?, dans l'atelier. Il y a de vieux matelas dans le petit hangar d'à côté. Et il y a aussi une petite fournaise à pétrole d'allumée. Vous n'aurez qu'à mettre le piton à *medium*, il est à *low*. » Je lui tends la main. Il finit par accepter de me la serrer. Il entre chez lui. « Et que je n'entende rien surtout ! À cause de ma femme qui est si nerveuse. Demain matin, disparaissez, que je vous voie pas dans l'atelier. »

Mario est déjà parti. Il a ouvert la porte de l'atelier. « Merci, monsieur. Merci beaucoup ! »

7. Il fait noir tôt à la mi-octobre. Le silence règne partout. On a installé un vieux matelas sali sur un des établis de monsieur Willy. J'ai mis la clé à *medium*. Il fait pas trop froid. Nous avons allumé une vieille lampe à mèche. Les lueurs donnent des reliefs inquiétants aux outils, aux pièces en réparation qui gisent çà et là : machine à laver, moteurs à eau, pompes de toutes les grosseurs, rouleaux de tuyaux de cuivre luisant, broches de tous formats, paquets de tuyaux posés debout comme des lances aux quatre coins du petit atelier.

Mario se blottit contre moi : « On va marcher sur une route de l'autre côté, Clovis, t'en fais pas. Demain on va prendre le traversier sur le lac à Oka. De l'autre côté, on ne me cherche pas, c'est certain. On va marcher sur la route vers les États-Unis. Ça doit être rempli de camions ces routes-là, pas vrai ? »

Je ne sais pas si je dois lui faire comprendre que toutes les polices du pays doivent posséder notre signalement et qu'on pourrait nous arrêter même aux États-Unis !

« Raconte-moi un autre film, ou même une histoire que tu m'as déjà racontée. Ça va m'aider à m'endormir, Clovis ! »

Je fouille ma mémoire, se dressent dix, vingt personnages : mon cher Don Quichotte, la baleine Moby Dick, le Petit Poucet, Superman, Guy L'Éclair, le Fantôme, Mandrake le Magicien, Toto et Titi, Popeye, Alice et son Chat, Robinson, Donald Duck, Dic Tracy, les Jumeaux du Capitaine, le Chevalier Vaillant, les Quarante Voleurs d'Ali Baba... Aucun ne s'arrête pour moi, ne vient à mon secours, ne m'inspire.

« J'aimerais mieux chanter si tu veux, Mario. »
Il ne répond pas.

« Où es-tu, Mario ? »
Il ne répond pas.

« Où es-tu rendu, Mario ? »

Il finit par balbutier comme à moitié endormi : « C'est un grand voilier. C'est un vaisseau à voiles multiples et c'est beau à voir. Il y a de gros pigeons blancs qui tournoient autour des mâts. L'oncle Ferdinand est avec nous, Clovis. Il est le commandant. Il lui manque une jambe ! Je lui demanderai comment c'est arrivé. Il a une boucle en or à son oreille gauche et un beau perroquet rouge et vert se tient sur son épaule. Il nous sourit et ouvre de grands coffres remplis de pièces d'or. Clovis, nous allons faire le tour du monde. » Il soupire et ne dit plus rien.

Je me dis qu'il n'y a plus que Lui. Lui, là-haut, pour nous tirer d'embarras. Lui, qu'on nous a enseigné pour les jours de détresse. Lui, le grand Commandant, au fond des nuages, plus loin que l'espace lui-même. Au delà du temps, Dieu ou Allah, ou n'importe comment. Notre Père, notre Père. Je me cherche une prière apprise par cœur. Je songe à toutes ces prières apprises et toutes me paraissent insignifiantes pour attirer son attention.

Je ramasse le peu d'énergie qui me reste. Je ramasse un petit reste de courage et je marmonne assez fort pour que Mario m'entende, s'il le faut, pour qu'il sache que moi, son grand frère, son chef de guerre, moi, son héros, son modèle, je suis vraiment à bout : « Bonsoir Dieu, Salut Dieu. Ou Allah, ou qui que tu sois en fin de compte, Salut ! Écoute-moi bien, ô grand Chef de la création universelle, je ne sais plus quoi faire, je suis au bout de mon rouleau, il y a ici, près de moi, un petit garçon mal pris, tu as oublié de lui envoyer assez d'intelligence commune pour qu'il puisse suivre avec les autres le cours de la vie normale, alors là, il faut que tu te manifestes, tu m'entends, grand Dieu tout-puissant qui règnes sur la terre comme au ciel, il faut l'aider, il faut que tu te grouilles, il n'y a plus de temps à perdre, mon cher Dieu, je n'ai plus aucune idée, ça allait assez bien pour jouer aux guerres, aux batailles historiques, mais cette fois on ne joue plus, mon Dieu, on est vraiment mal pris, tu dois voir ça, tu dois jeter un petit coup d'œil, ici, en bas, du côté de la sablière, dans l'atelier du bonhomme Willy, regarde comme il faut, Dieu, il y a ici qui s'endort un petit gars qui n'est pas un chien quand même, qui doit bien être aussi une créature avec un esprit qui a besoin d'un petit coup de pouce, parce que j'aime autant t'avertir, mon bon Dieu qu'à l'heure de sa mort il sera pas fier de toi, il sera pas content si tu fais rien pour lui. On te donne jusqu'à demain, jusqu'à demain matin, mon grand Dieu, pour nous dépanner, je demande pas ça pour moi, Seigneur, je demande ça pour lui, pour Mario, tu m'entends bien, pour le jeune Mario Jhie, Mario, Joseph-Mario-René Jhie de tout son nom, il est enregistré comme tout le monde dans tes paperasses de baptême, grouille, trouve, imagine une solution, il a une âme s'il a pas toute l'intelligence qu'il faut pour bien se débrouiller dans la vie d'ici-bas, il a une âme lui aussi, Dieu, je t'en prie, je t'en supplie, mon Dieu, penche-toi vers un enfant abandonné, un enfant seul, ne l'oublie pas. »

J'entends, il me semble, six coups brefs, un long coup de sifflet. C'est l'avertissement, là-haut, à la mine de columbium, dans la colline. J'entends encore les coups brefs et le long coup de sifflet criard ! Pourquoi ? En pleine nuit !

J'entr'ouvre la porte. Dehors, c'est le silence complet. La prière m'a détendu, m'a fait du bien. Je me sens plus léger. Je songe au panneau avertisseur de la mine de columbium. Pourquoi ai-je entendu les signaux d'alerte ? Je finis par m'endormir à mon tour. Quand j'entrouve les paupières une dernière fois, il me semble que sur le mur devant moi il y a comme un grand crucifix noir fait de tuyaux très rouillés, très vieux.

8. Mario me réveille : « Il fait clair ! Il faut s'en aller vite ! » Je me réveille Je n'ai rêvé à rien. Il me semble que je venais tout juste de m'endormir ! Pourtant je me sens dispos, très reposé. « Oui, on y va. Tout de suite. »

Je remets le bouton à *low*. Nous sortons avec précaution. Le plombier est réveillé. Il est dehors et danse sur un pied et sur l'autre. Mario lui sourit : « Craignez pas. On s'en va ! » « Je vous attendais. Regardez. » Il nous montre une grosse clé de fer. « J'ai réparé des tuyaux dans une cabane, là-haut. Je devais remettre cette clé à mon retour de Floride. Je dirai que je l'ai perdue. Ça peut vous aider à gagner du temps. »

Je prends la clé offerte. « C'est où ? »

Le plombier regarde vers sa maison comme pour s'assurer que sa femme ne le voit pas nous remettre cette clé. « C'est pas bien loin d'ici. Dans le haut de la montée de la Baie, il y a un chemin, le premier rang à gauche, une fois traversé la vieille route 29. Au bout de ce chemin, vous verrez, il y a une cabane à sucre. C'est là. Il y a du bois de chauffage en masse. Et personne n'ira là avant les sucres, en mars ! Bonne chance, les petits gars ! »

Il entre chez lui en vitesse.

Mario me sourit : « Tu vois. On est sauvés. On a de la chance ! » Je me demande pourquoi après ma prière d'hier soir, j'ai entendu les coups de sifflet de la mine !

« Vite, on y va ! On va couper par le bois des Pomerleau. »

Je trouve le chemin de terre battue, passé la vieille route 29. Nous marchons rapidement en bordure du chemin. C'est vrai, il y a, à un tournant de ce chemin, une cabane à sucre. Les pommiers, enlignés par centaines, ont des feuilles rabougries, qui restent vertes, on dirait des dos de grenouilles qui bougent dans les branches ! Je sors la clé de ma poche. Ça fonctionne. La maisonnette est construite de rondins colmatés entre eux par de la tourbe et une sorte de mortier de plâtre blanc. On entre. Il y a une immense cheminée. Plusieurs vieux poêles qui doivent servir à faire bouillir l'eau des érables au printemps. Les fenêtres sont petites, étroites, mais nombreuses. Il y a des tables et des bancs empilés dans un coin de cette cabane, des chaudières, des seaux, et des cuves par dizaines. Par la fenêtre du nord, il y a le bois d'érables dorés brillant comme des ostensoirs exposés les jours de fêtes. L'érablière s'étale en envahissant toute une colline vers Saint-Joseph et Saint-Benoît. Mario a les yeux ouverts grand, il semble admirer le splendide foisonnement de couleurs. C'est un spectacle absolument éblouissant. « Mario, je vais voir s'il n'y a pas des pommes qui traînent. Les gens doivent pas toutes les ramasser. »

On sort.

Craintifs, on marche lentement et en regardant tout autour de nous. Aucune habitation en vue, que des arbres, les pommeraies sur le versant sud de la colline avec ses haies rectilignes, à gauche, vers l'est une petite prairie, à droite une terre en friche et derrière, au nord, l'érablière comme en feu. « Peut-être qu'il y a un ruisseau sur cette colline et des poissons qu'on pourrait pêcher ? » Mario me regarde attentivement en posant sa question.

« Es-tu prêt à manger de la marmotte du porc-épic, de la belette, Mario ? »

« N'importe quoi, Clovis, n'importe quoi plutôt que cette bouillie qu'on nous servait à l'orphelinat tous les jours ! » Il me sourit timidement.

On a mangé quelques pommes, un peu moisies, trouvées ici et là. C'est un déjeuner bienvenu. Les émotions de la veille nous avaient creusé l'estomac.

Puis nous avons bourré des poches et des poches, trouvées dans la remise de la cabane à sucre, avec des feuilles mortes. On a collé quelques tables de pique-nique ensemble. On se fait des paillasses pour la nuit. Mario chantonne.

« Sais-tu, Clovis, qu'on aurait jamais pu se construire une aussi belle cabane ? C'est du luxe ! »

Je souris. Je tente de m'accorder à sa bonne humeur. Je suis heureux de le voir tranquillisé. Il est ainsi. Il ne pense pas trop loin. Il ne pense pas qu'il faudra nous nourrir. Il a un gîte et ça lui suffit.

Je le regarde qui entasse des bûches de bouleau près du foyer de la cheminée, insouciant, il siffle l'air de *Il était un petit navire*.

J'en profite pour compter ce qui me reste d'argent ! Quatre-vingt-dix cents ! On ne tiendra pas longtemps. Je n'ai pas fait attention et Mario est là derrière, près de moi, et m'a vu compter l'argent.

« Clovis, je sais qu'il va falloir trouver des sous ; je suis plus réaliste maintenant, tu sais. Je me suis endurci, on dirait. Cette nuit, tu vois, j'ai rêvé qu'avec l'oncle Ferdinand, pirate et écumeur des hautes mers, on tuait, oui, on assassinait les matelots des vaisseaux qu'on abordait. Nous étions des corsaires. Il y avait du sang dans mon rêve et ça ne m'a rien fait. » Je l'écoute sans rien dire.

« Clovis, ce que je veux dire c'est que, s'il le faut, nous serons des bandits, oui, des vrais hors-la-loi, des bandits. On se posera des mouchoirs sur la bouche comme quand on jouait aux cow-boys et on ira dévaliser les gens. Si tu veux, on fera un hold-up. Oui, oui, un hold-up à la banque du village le plus proche. Tu vas voir, je n'aurai pas peur. On a le droit de voler quand c'est pour survivre, moi, je pense que oui, on a le droit, Clovis ! »

Je sors. Pauvre Mario ! Il s'imagine qu'il suffit de se poser un mouchoir sur la bouche pour trouver de l'argent. Il sort et vient me rejoindre :

« Je le sais ! Tu vas me dire qu'on a pas de fusil. C'est ça, hein ? » « On a pas de fusil, Mario ? »

Il me sourit. Me prend la main. Me fait entrer. « Viens voir ! » Il grimpe dans une échelle, au fond de la cabane. « Monte ! Non, non, reste là en bas ! » Il pousse sur une trappe. Se passe la tête dans une sorte de grenier. Se passe les bras par la trappe ouverte et en sort un fusil de chasse d'un vieux modèle.

Il redescend fièrement l'échelle avec la vieille carabine sous un bras.

« Pendant que tu ramassais des pommes, j'ai découvert cette cachette, Clovis ! Qu'est-ce que t'en penses ? On a pas de cartouches, mais la vue de notre fusil, ça va suffire pour les caissières, tu penses pas ? »

Il ricane. Je le reconnais plus. Est-ce ma faute ! Toutes ces guerres reconstituées dans la sablière ?

« Viens Mario, on va aller faire un tour de reconnaissance ! » Il cache le fusil sous les feuilles mortes. « Allah Akbar ! »

Ce cri me glace le sang ! Il me semble qu'il y a très longtemps de cela, la bataille de Mahomet, les conquêtes de l'Islam dans la sablière !

9. Nous marchons vers l'ouest depuis presque une heure. Mario a mal aux pieds. Il veut retourner à la cabane. « Non, non. Il faut en finir avec cette bataille de Poitiers ! » Mario se roule dans les feuilles mortes et se plaint. « Je suis fatigué, Clovis. Et je crois que les Arabes ont perdu la guerre en France ! »

« Marche, mauvais soldat d'Allah, marche ! » Je le relève. Je le pousse. Il ne me reconnaît plus. « Il faut en finir, mon petit Mario. Il le faut ! » Je songe à maman qui me disait dans la balançoire : « Le spécialiste l'a expliqué au docteur, son cerveau va s'éteindre lentement, il va devenir peu à peu comme un légume. »

« Clovis ! »

Je me retourne. Il a grimpé dans un chêne aux branches énormes. Il se balance comme un jeune singe en riant. « On joue à Tarzan ? Les Arabes en France ça va être un échec comme notre histoire sur les plaines d'Abraham ! » Je pense. Dieu ne me fait pas signe ! Il ne m'aide pas. Il ne fait rien !

« Arrive, Mario, arrive ! On est presque rendus. Je t'en prie ! » On dirait qu'il s'amuse à jouer le bébé. Il rampe et il rit. Il me crie qu'il est une marmotte : « Regarde, je suis un petit siffleux ! » Il faut que j'aille le redresser, lui prendre la main, l'entraîner, le pousser de force devant moi.

Soudain, il se fâche, se défait de ma prise et me crache : « Ne fais donc pas l'hypocrite. Ça ne t'intéresse plus toutes ces batailles. Tu te forces, Clovis. Je le sais bien que tu fais semblant d'aimer encore les guerres. Mais depuis que tu es revenu de l'hôpital, c'est fini pour toi nos guerres. Je le sais ! Tu ne penses plus qu'à ta Ramona ! Ose me dire le contraire ? »

« Mais, Mario ! Qu'est-ce qui te prend ? Qu'est-ce qu'il y a ? »

« Il y a qu'il s'est passé quelque chose à l'hôpital ! Et que tu ne veux pas me le dire » Je songe à la belle infirmière Yvette. Je songe à Ramona. Je songe au maigre André Delfosse. Je songe aussi au prêtre en soutane blanche.

« Mario, oui, je vais te le dire. J'ai vu les gens dans la salle d'opération qui s'apprêtaient à m'ouvrir le ventre. Puis j'ai vu l'hôpital comme si je sortais par le toit, Mario ! J'ai vu la rue Saint-Denis et puis toute la ville. Ensuite, j'ai vu la campagne, partout, aux quatre points cardinaux. J'ai vu la sablière et toi dedans qui m'attendais. J'ai vu le carré de sable du parc Jarry, Mario, et puis une lumière très chaude, très bonne. J'étais bien, Mario ! J'étais arrivé au Paradis, celui de Mahomet et de Jésus aussi ! »

Mario m'écoute, la bouche ouverte : « Tu étais si bien que ça ? » J'entends les bruits des camions au loin. Je me retourne et j'aperçois la tour de la mine de columbium. « Regarde, Mario ! On y est arrivés, enfin ! Regarde la citadelle de Poitiers ! »

Mario regarde la tourelle de la mine : « On s'en va ! Je suis certain que ça va mal finir pour nous à Poitiers ! » Je le retiens. « Non, je vais donner l'assaut ! Sois prêt à foncer ! Le moment est venu, Mario ! Il faut attaquer ! » Mario avance un peu dans la direction de la mine.

« Et si ça tournait mal, Clovis ? » « C'est pas grave. On restera en France ! Je te l'ai déjà dit. On aimera la France. On deviendra Français, Mario ! Et un jour, on traversera l'océan. On ira de l'autre côté de l'Atlantique, Mario, en Nouvelle-France, c'est tout, c'est pas plus grave que ça, mon petit frère ! »

On avance encore un peu. Le bruit des travailleurs et de leurs machines augmente. « En avant, Mario, en avant ! » Mario me regarde très sérieusement. « Tu veux que je fonce, que j'y aille ? » « Moi je couvre ta montée. Vas-y, Mario, vas-y ! Je t'en supplie, moi je n'en peux plus ! » Un dernier regard et il a tourné la tête et est parti en courant comme je ne l'avais jamais vu courir. Je regarde sa silhouette qui rapetisse rapidement dans mon horizon. Il est proche de l'écriteau. Il le dépasse sans le lire. Ça va aller. Ça va bien. Il le fallait bien ! Et toi mon Dieu pas un mot. Accueillez-le tous au Paradis de tous les Mahomet et les Jésus de l'univers. J'entends les coups enfin, les six coups brefs. Je vois Mario qui se fige à l'horizon. Il s'est arrêté net et se retourne et me regarde. Je lui fais signe de continuer, je lui crie : « N'aie pas peur Mario, vas-y, fonce, il le faut ! » Je m'écrase le visage contre la terre, je me bouche les oreilles à deux mains. Un long coup de sirène vibre dans l'air. Je ferme les yeux très fort. Mario va être enfin délivré, on ne rira plus de lui, il ne deviendra pas un légume. J'ouvre un peu les mains que je tenais collées à mes oreilles. J'entends un homme crier au loin. Je le vois qui gesticule, les bras en l'air ! Mario galope de plus belle en criant : « Allah Akbar ! » J'entends sonner encore six autres coups brefs. J'entends la pétarade d'une motocyclette. Je relève la tête et je vois à l'horizon la vieille moto noire avec son panier brinquebalant. Le moine à lunettes fonce sur Mario, il l'enlève dans les airs d'un geste vigoureux et le jette comme un sac de patates dans son panier ! Il bifurque à gauche et disparaît à toute vitesse derrière une haie de chèvre-feuilles. Alors, un bruit terrifiant retentit dans l'air du matin. C'est l'explosion annoncée. Un nuage de fumée monte dans le ciel, le sol tremble. Je pleure, à bout de nerfs, et je remercie Dieu confusément d'avoir envoyé Don Gabriel en moto pour sauver Mario dans son panier plein d'ail et de champignons.

10. Je ne sais où aller. Je tourne en rond. J'ai honte. Cette fois encore Mario va me réapparaître comme sur le voilier de Nick Kebbegy. Il va encore me répéter : « C'était pas nécessaire. » Je ne pourrai pas affronter son regard. Oserais-je lui dire : « C'est les risques de la guerre sainte ! » Non ! Je ne dirai rien. J'irai chercher la vieille carabine, je me jetterai à ses genoux et le supplierai de m'assommer à coup de crosse.

Je marche à droite, je vire à gauche. Je grimpe un talus. Je m'assois sur des perches de cèdres entassées. Un homme vient vers moi. Il passe pas loin, il me salue.

Encore un homme, dans un champ, masqué de tulle, il semble nettoyer des ruches d'abeilles. Je passe loin de lui. On a peut-être mis nos photos dans le journal ? Il pourrait entrer vite chez lui et appeler la police. Je grimpe vers la montagne. Je dois me reposer quelque part, me cacher un certain temps pour réfléchir. Du fond du cœur, je souhaite ne plus jamais revoir Mario, et qu'il se trouve une fin à sa façon, qu'il s'imagine une fin à son goût. Qu'il aille courir comme un vagabond les routes des États-Unis, qu'il se fasse écraser un soir, au bord d'un chemin comme les grenouilles aplaties qu'on voit sécher sur les routes ! Il ira au Paradis, il verra Mahomet et Abd-El-Râhman en personne. Il serait enfin dans la lumière et la paix dans cette chaude clarté que j'ai entrevue à Sainte-Justine un trop bref moment.

Je redescends un peu vers l'hôtel des Demoiselles. Il y a des fleurs tardives tout autour d'un jeu de cricket. Il y a une cabine de téléphone près d'un mur au bout d'un parking. J'y vais. L'auberge est fermée. Les fenêtres sont bouchées par d'énormes persiennes noires. J'entre dans la cabine, je prends un dix sous au fond de ma poche. Je signale.

« Papa ? C'est moi, Clovis »

Un long silence. Pis : « Où es-tu ? Mario est avec toi ? »

Je ne sais trop quoi dire ! Raccrocher ? Ne pas en dire trop.

« Non ! Il est allé faire un tour de moto. »

« Un tour de moto ? Où ça ? Où êtes-vous rendus ? »

Je tremble légèrement. J'aurais aimé avoir un père doux, bon, attentif à nos jeux, pas ce père distant, absent, autoritaire, passant sa vie à calculer. « Mario est vivant ! » Je ne dis plus rien. Sans savoir trop pourquoi j'ajoute. « J'ai encore essayé de t'en débarrasser ! À la dynamite. Ça n'a pas fonctionné ! Il est toujours en vie ! » Il marmonne des jurons incompréhensibles.

« Je ne peux plus rien faire pour lui ! »

« Pourquoi dis-tu ça ? Pourquoi parles-tu comme ça ? »

Je veux raccrocher et je ne le fais pas, c'est plus fort que moi ! Il me semble que j'entends pleurnicher au bout du fil. « Clovis, ton grand-père est mort, dimanche soir tard. Il est mort ! Je n'ai plus de papa, mon petit garçon ! Il est parti dans la nuit de dimanche à lundi. C'était bien le moment de nous faire ça. Il est exposé au salon funéraire. Le service funèbre aura lieu jeudi matin, après-demain. Ton oncle Ferdinand est rentré d'Afrique. Revenez tous les deux maintenant. »

« Non ! Mario a trop peur de vous tous ! »

« Revenez vite ! J'ai trouvé un bon pensionnat pour Mario, pas loin de Montréal, en banlieue, à

Rivière-des-Prairies. » Ainsi, malgré la mort de grand-père, ils ont trouvé le temps de lui dénicher une nouvelle prison ! Je marche vers la montagne. Ce soir, je dormirai dans le petit oratoire tout en haut !

11. Je vois le bac sur le lac avec quelques voitures dessus. Les passagers sont des fourmis, des insectes. Je m'approche du calvaire de pierres des champs et de madriers passés à la chaux. J'entends des voix qui murmurent. Je découvre la vieille moto noire devant l'entrée. Je me glisse à l'arrière de la petite chapelle des Sulpiciens.

« Eh oui ! Je peux bien te le dire, mon petit Mario. Les Arabes ont fui, sont redescendus en Espagne. Ils ont cru qu'Allah les abandonnait en apprenant la mort de leur chef Abd-El-Râhman ! C'était en 732. N'y pense plus à cette guerre. Si tu veux rester avec nous, à la Trappe, tu vas apprendre un tas de choses. Tu deviendras utile, très utile ! Tu verras ! »

Mario tousse longuement. Il a eu froid au chalet et à l'atelier du plombier. Je l'entends en collant mon oreille sur le mur arrière de l'oratoire. « Je peux pas tellement apprendre. » « Il y a d'autres petits garçons en bas, au monastère, ça te fera de nouveaux amis ! »

« Mais moi, monsieur Gabriel, je ne suis pas un garçon normal ! Je ne suis pas comme les autres. Il y a comme des casiers qui manquent dans mon cerveau. C'est ça que le professeur m'a dit à l'école Sainte-Cécile. J'arrivais pas à calculer comme les autres écoliers. Vous comprenez ce que je veux dire ? »

Don Gabriel sort de l'oratoire. Je peux le voir. Mario aussi. Ils regardent le lac à l'horizon à perte de vue.

« Mario, je peux te dire que tu sauras des choses que les autres n'apprendront jamais. Si tu acceptes de venir vivre avec nous, dans peu de temps, tes anciens amis viendront te voir et tu pourras leur dire : « Savez-vous faire du pain ? Savez-vous faire du fromage, élever des faisans, des oies ? Pouvez-vous nourrir des renardeaux ? Étêter des pommiers ? Reconnaître les bons champignons des vénéneux ? Ils ne sauront rien de tout ça Mario et tu paraîtras un garçon très en avance sur les autres de ton âge ! »

Mario donne des petits coups de pied à terre, se penche et lance un caillou vers le ciel. Il rit. Il y a longtemps que je l'avais pas entendu rire comme ça.

« C'est vrai ? C'est bien vrai ? » Il bombe le torse et part à courir, tourne et me découvre. « Clovis ? Tu es là ! On t'a cherché partout en moto ! » Je me dis qu'il a oublié. Il a déjà oublié la carrière de columbium, l'explosion.

« Moi aussi je te cherchais, Mario ! Je t'ai appelé ! »

Mario me serre le bras, me donne des petits coups de pied sur la cheville. Je grimace sans rien dire. Don Gabriel s'approche tout doucement.

« Mario m'a tout raconté, Clovis ! »

Je ne sais pas trop ce qu'il a pu dire. Je reste muet.

« Clovis, est-ce que tu voudrais venir t'installer avec nous au monastère ? Hein ? Hein ? » Il se tourne vers Don Gabriel : « Lui aussi s'il veut, il peut ? »

« Mario, j'ai entendu ce qu'il te disait. C'est vrai, tu sais C'est vrai cette fois. Tu seras plus en arrière des autres, mais en avant. »

« Viens, toi aussi. »

« Non, moi, il faut que je finisse une autre sorte d'études. » Le moine me regarde et déclame :

« *Claudite jam rivos, pueri : sat prata bibe-runt !* » « Tu fais du latin », m'a dit Mario. « Fermez les ruisseaux, enfants, les prés ont assez bu ! »

« Je n'aime plus le collège. Je voudrais changer de cours. Étudier la peinture. »

Le moine me prend par le cou et m'entraîne un peu à l'écart : « J'ai invité ton petit frère Mario à s'installer sur notre ferme commune. Retourne vite chez toi et va expliquer à tes parents que nous avons organisé son entrée chez les Cisterciens. Dépêche-toi tes parents doivent se mourir d'inquiétude, Clovis. »

Je me défais de lui et marche vers Mario : « Tu es d'accord, Mario ? » Mario me regarde. Il sourit : « Oui, comme ça je ne courrai plus aucun risque, Clovis. » Je rougis. A-t-il dit ça pour moi, ou a-t-il parlé comme ça sans penser à rien ? Don Gabriel fait pétarader sa vieille moto. « Embarquez, on va descendre tout doucement ! »

12. Le panier me fait mal aux fesses. Mario, assis sur moi, rit à gorge déployée d'entendre mes gémissements à chaque trou, à chaque bosse. De nouveau la vieille route 29, je vois un homme qui agite la main et rentre dans le garage du petit hôtel des Demoiselles Bernier. Et c'est la grille de La Trappe. Don Gabriel va ranger son vieux tacot à trois roues sous un appentis. Il y a des outils accrochés partout ! Tout ça va être maintenant le monde de Mario, finies les armes ! Une bonne chose. Il faut qu'il vieillisse lui aussi. Je sors du panier. Mario a marché vers le gros moine. Il lui prend la main. Il s'est trouvé un troisième père.

« Monsieur Don Gabriel ? »

« Oui, Clovis ? »

« J'ai pas d'argent pour l'autobus ! »

« Ça tombe bien, tu vas aller à la fromagerie de l'autre côté du domaine. Tu diras au guichetier que Don Gabriel t'envoie pour accompagner monsieur Mallette en ville. C'est son heure de descendre du fromage en ville. Salut, mon bonhomme. » Et il tapote la petite main de Mario. Mon cœur se serre. On dirait qu'il en a pris possession à jamais !

FIN

Chronologie

1930   Claude Jasmin naît à Montréal le 10 novembre, d'Édouard Jasmin, marchand, et de Germaine Lefebvre.

1943-1947   Il étudie au collège André-Grasset.

1948-1949   Il suit des cours privés chez Lucien Boyer.

1948-1951   Inscrit à l'École du meuble, il obtient un diplôme avec spécialisation en céramique.

1951-1953   Il est étalagiste pour plusieurs compagnies.

1953-1955   Il travaille au Service des parcs de la Ville de Montréal, section théâtre, marionnettes et arts plastiques.

1956-1987   Entré à Radio-Canada, il occupe le poste de scénographe.

1960   Il remporte le prix du Cercle du livre de France pour *la Corde au cou*.

1963   Sa pièce *le Veau dort* lui mérite le prix Arthur-Wood.

1965   Il reçoit le prix France-Québec pour *Éthel et le terroriste*.

1970   Son téléthéâtre « Un chemin de croix dans le métro » est honoré du prix Wilderness-Anik.

1980   Il obtient le prix France-Canada pour *la Sablière* et le prix Duvernay de la Société Saint-Jean-Baptiste de Montréal pour l'ensemble de son œuvre.

1986-1987   Il anime l'émission littéraire « Claude, Albert et les autres... » au réseau Quatre-Saisons.

Bibliographie

Et puis tout est silence. Roman, Montréal, *Écrits du Canada français*, vol. VII (1960), p. 35-192 ; Montréal, les Éditions de l'Homme, 1965, 159 p. ; Montréal, l'Actuelle, 1970, 190 p. ; Montréal, Quinze, 1980, 199 p. [Présentation de Gilles Marcotte]. (Collection « Présence ») ; translated by David Lobdell, Toronto, Oberon Press, 1981, 152 p. [sous le titre : *The Rest is silence*].

La Corde au cou, Montréal, le Cercle du livre de France, 1960, 233 p. ; Paris, Robert Laffont, 1961, 254 p. (Collection « Les Jeunes romanciers canadiens ») ; Montréal, le Cercle du livre de France, 1970, 163 p. (CLF Poche canadien).

Délivrez-nous du mal, Montréal, les Éditions À la page, 1961, 187 p. ; Montréal, Stanké, 1980, 196 p. (Québec 10/10).

Blues pour un homme averti, Montréal, Éditions Parti pris, 1964, 94 p. [Théâtre].

Éthel et le terroriste. Roman, Montréal, Librairie Déom, 1964, 145 p. (Collection « Nouvelle Prose ») ; Montréal et Paris, Stanké, 1982,

156 p. (Roman 10/10) ; translated by David S. Walker, Montréal, Harvest House, 1965, 112 p. [sous le titre : *Ethel and the Terrorist*] ; 1974 (Collection « French Writers of Canada ») : traduit en tchèque par Eva Janovcora, dans Pet Kanadskych novel [Cinq romans canadiens], Prague, Odeon, 1978, p. 351-451 [sous le titre : *Ethel a terorista*].

Roussil. Manifeste, Montréal, les Éditions du Jour, 1965, 91 p. (Collection « Les Idées du Jour »).

Pleure pas, Germaine, Montréal, Éditions Parti pris, 1965, 169 p. (Collection « Paroles ») ; Introduction de Sinclair Robinson et Donald Smith, Montréal, Centre éducatif et culturel, 1974, xiv, 159 p. ; Montréal, l'Hexagone, 1985, 201 p. (Collection « Typo Roman »).

Les Artisans créateurs, Montréal, Lidec, 1967, 118 p. (Collection du « Cep »).

Les Cœurs empaillés. Nouvelles, Montréal, Éditions Parti pris, 1967, 136 p. (Collection « Paroles ») ; Préface de Réginald Hamel, Montréal, Guérin littérature, 1988, 173 p. (Collection « Le hibou blanc »).

Rimbaud, mon beau salaud !, Montréal, Éditions du Jour, 1969, 142 p.

Jasmin, Montréal, Claude Langevin éditeur, 1970, 139 p.

Tuez le veau gras, Montréal, Leméac, 1970, 79 p. (Collection « Répertoire québécois »).

« La Mort dans l'âme ». Téléthéâtre, dans *Voix et Images du pays*, vol. IV (1971), p. 135-173 [Créé en 1962].

L'Outaragasipi, Montréal, l'Actuelle, 1971, 208 p.

C'est toujours la même histoire, Montréal, Leméac, 1972, 55 p. (Collection « Répertoire québécois »).

La Petite Patrie. Récit, Montréal, la Presse, 1972, 141 p. ; Montréal et Paris, Une édition spéciale de Laffont Canada ltée et des Éditions internationales Alain Stanké, 1981, 141 p. (Collection Québécoise) ; Montréal, la Presse, 1979, 141 p. ; Montréal, la Presse, 1982, 155 p. (Roman 10/10).

Pointe-Calumet Boogie-Woogie. Récit, Montréal, la Presse, 1973, 131 p. (Collection « Chroniqueurs des Deux Mondes »).

Sainte-Adèle-la-vaisselle. Récit, Montréal, la Presse, 1974, 132 p. (Collection « Chroniqueurs des Deux Mondes »).

Revoir Éthel. Roman, Montréal, Stanké, 1976, 169 p.

Le Loup de Brunswick City, Montréal, Leméac, 1976, 119 p. (Collection « Roman québécois »).

Feu à volonté, Montréal, Leméac, 1976, 289 p. (Collection « Documents »). [Chroniques].

Danielle, ça va marcher. Propos de Danielle Ouimet recueillis par..., Montréal, Stanké, 1976, 175 p.

Feu sur la télévision, Montréal, Leméac, 1977, 174 p. (Collection « Documents »). [Chroniques].

La Sablière. Roman, Montréal, Leméac, 1979, 212 p. [En coédition avec Robert Laffont]. Adapté à l'écran par Jean Beaudin, en 1985, sous le titre : *Mario* ; Montréal, Leméac, 1985, 212 p. (Poche Leméac Québec) [sous le titre : *la Sablière, Mario*] ; translated by David Lobdell, Toronto, Oberon Press, 1985, 175 p. [sous le titre : *Mario. A Novel*].

Le Veau dort, présentation d'Yves Dubé, Montréal, Leméac, 1979, xv, 121 p. (Collection « Théâtre »). [Créé en 1963].

Les Contes du Sommet-Bleu, Montréal, Éditions Québécor, 1980, 106 p. Ill. (Collection « Jeunesse »).

L'Armoire de Pantagruel, Montréal, Leméac, 1982, 138 p. (Collection « Roman québécois »).

Maman-Paris, Maman-la-France. Roman, Montréal, Leméac, 1982, 344 p. (Collection « Roman québécois ») ; Montréal, Leméac, 1986, 344 p. (Poche Leméac Québec).

Deux mâts, une galère, Montréal, Leméac, 1983, 136 p. Photos. [En collaboration avec Édouard Jasmin, son père]. (Collection « Vies et mémoires »).

Le Crucifié du Sommet-Bleu, Montréal, Leméac, 1984, 170 p. (Collection « Roman québécois »).

L'État-maquereau, l'État-maffia. Pamphlet, Montréal, Leméac, 1984, 95 p. [Préface d'Yves Dubé].

Une duchesse à Ogunquit, Montréal, Leméac, 1985, 226 p. (Collection « Roman québécois »).

Des cons qui s'adorent, Montréal, Leméac, 1985, 190 p. (Collection « Roman québécois »).

Alice vous fait dire bonsoir, Montréal, Leméac, 1986, 144 p. (Collection « Roman québécois »).

Une saison en studio, Montréal, Guérin littérature, 1987, 207 p.

Safari au centre-ville, Montréal, Leméac, 1987, 165 p. (Collection « Roman québécois »).

Pour tout vous dire, Montréal, Guérin littérature, 1988, 466 p. (Collection « Carrefour »).

Pour ne rien vous cacher, Montréal, Leméac, 1989, 456 p. (Collection « Vies et mémoires »).

Le Gamin, Roman, Montréal, l'Hexagone, 1990, 177 p. (Collection « Fiction ».

Études

[En collaboration], *Claude Jasmin*. Dossier de presse 1960-1980, Sherbrooke, Bibliothèque du Séminaire de Sherbrooke, 1981, 88 p.

[En collaboration], *Claude Jasmin*. Dossier de presse 1965-1986, Sherbrooke, Bibliothèque du Séminaire de Sherbrooke, 1986, 73 p.

Cantin, Pierre, Normand Harrington et Jean-Paul Hudon, *Bibliographie de la critique de la littérature québécoise dans les revues des XIXe et XXe siècles*, Ottawa, Centre de recherche en civilisation canadienne-française, Université d'Ottawa, 1979, vol. IV, p. 643-648.

Dorion, Gilles, « *La Sablière* », *Québec français*, n° 37 (mars 1980), p. 9.

[Dossier Claude Jasmin], *Québec français*, n° 65 (mars 1987), p. 30-39 : Yvon Bellemare et Gilles Dorion, « Entrevue avec Claude Jasmin », p. 30-32 ; Gilles Dorion, « L'Œuvre de Claude Jasmin. Un album de famille », p. 33-35 ; Yvon Bellemare, « Charles Asselin, l'as des as », p. 36-38 ; Aurélien Boivin, « Bibliographie » et « Biographie », p. 39.

L'Hérault, Pierre, « Claude Jasmin. *La Sablière* », *Livres et Auteurs québécois 1979*, p. 52-54.